李若鶯 編

龔顯榮 著

拈花對天窗——龔顯榮詩集

市長序

四百年歷史之都，
淬鍊出臺南文學繁華盛景

　　臺南是一座充滿歷史風華的古都，擁有深厚的人文底蘊，也是首座以文化立都的獨特城市。這座城市代代人才輩出，不僅藝文發展蓬勃，更在豐饒的沃土上盛開出如百花般的文學繁景，在地域風土上，自府城至鹽分地帶，由老城區到廣闊的濱海和蓊鬱的山林之地，每個地區皆蘊含著故事的濃鬱香氛，化為創作者的養分，孕育出不同地區獨有的文學風景，並於文壇上各領風騷；在歷史縱深上，從古典詩文、鄉土寫實文學，到當代的創新語彙，長久以來不間斷地綻放著耀眼多彩的光芒，滋養且豐富了人們的心靈內涵。

　　在即將歡慶文化之都四百年之際，欣見老中青及不同文類領域的創作者共同為臺南的文學花園點綴出更加動人的光彩與榮景，作品無論是使用本土語言或華文，文類不論是現代詩、散文或評論集、報導文學等，在在都充滿了在地的生命力。作為一座值得沉浸巷弄之間、細細感受品味文化內涵的城市，長期推動文學發展，鼓勵與激發文學創作能量，並同時持續出版文學作品，保存文學史料等，

皆是市府重要的文化政策之一，也是責無旁貸的首要任務。

　　臺南作家作品集累積至今已進入第十三輯，縣市合併後總計出版了八十四冊優秀文學作家的精彩作品。本輯經由臺灣文學專家學者：國立成功大學陳昌明教授、呂興昌教授、廖淑芳教授，以及國立中興大學廖振富教授和國立臺灣文學館林巾力館長等人所組成的編審委員，以主動邀稿和公開徵選等兩種方式，經一番評選後，共選出邀稿作品龔顯榮《拈花對天窗——龔顯榮詩集》、林仙龍《我在；我在鹽鄉種田》，及徵選作品顏銘俊《向文字深邃處摘星——華語文學評論集》、蕭文《記述府城：水交社》、許正勳《往事一幕一幕》、林益彰《南國夢獸》等六部優秀文學作品，兼顧資深作家作品與年輕世代的創作，內容豐富多元。感謝五位委員們的辛勞與獨到眼光，不使有遺珠之憾，也感謝作者們的珍貴文稿，共同榮耀了臺南文學，並為這座城市點亮光彩。

臺南市　市長　黃偉哲

一起領略文學帶來的心靈饗宴

臺南作家作品集的出版，是對臺南文學的致敬，也是作家們熱愛臺南生活與文化的真摯表達。今年第十三輯共出版六部作品，在字裡行間，書中每個角落流淌的故事，彷彿時光隧道，帶領我們重返時光；在每一篇章，都能感受到熱情與堅韌的在地文化精神貫穿其中，臺南飽滿的文學風景和故事情節躍然紙上。

龔顯榮是臺南先輩作家，於 2019 年過世。他的第一本詩集《來自靈山的一朵小花》出版於 1968 年，並直到 1990 年才發表第二本著作《天窗》，成為其巔峰代表作。可惜兩書皆絕版多時，此次經高雄師範大學退休教授李若鶯積極聯繫後代和各詩刊、文學雜誌，徵得詩稿和授權，終能編成《拈花對天窗——龔顯榮詩集》專書，再現前輩作家精彩詩作，極為珍貴難得。

資深作家林仙龍，出身鹽分地帶將軍區，早年離鄉在外工作，在歲月淘煉後，近十餘年在故鄉蓋了一幢小農舍，頻頻返鄉居住，過著一面耕農一面書寫的生活，完成

詩、文及田園景致交融的《我在；我在鹽鄉種田》，全書既描繪出鹽鄉特有的濱海與鹽田風景，也營造出情意靈動的境界。

顏銘俊，是哲學領域的年輕學者，除了學術研究，也長期書寫文學與電影評論，新書《向文字深邃處摘星——華語文學評論集》便收錄了三十三篇評論文章，計有二十九篇新詩評論、四篇散文評論，每篇皆是紮實的細讀細評，非泛泛討論，對於喜歡新詩的讀者們，是很具有參考價值的一本書。

出身府城地區眷村的蕭文，長期耙梳水交社眷村人文歷史和人物故事，最新作品《記述府城；水交社》內容以三大部分來深入記錄在眷村的生活經驗，也書寫出外省族群集體的共同記憶。

臺語文創作者許正勳是濱海地帶七股人，他早期擔任國中英語老師及國內外臺語師資培訓班講師等，曾榮獲多屆文學獎項肯定，著有《園丁心橋》、《放妳單飛》、《鹿耳門的風》及《烏面舞者》等多本臺語詩集、散文集。新書《往事一幕一幕》是其二十年完整的心情紀錄，立意樸

實，文字精煉，共分為地景、至親、黃昏、囝仔時、鹽鄉、人物、詠物、環保及心情、雜記等十輯，作者回顧一生的路，有甘有苦，一幕一幕，感觸良多，化為一首一首真誠的臺語詩篇。

　　年輕作家林益彰，曾榮獲不少文學獎項，並出版多本著作如《南國囡仔》、《臺北囡仔》、《石島你有封馬祖未接來電》、《金門囡仔・神》等，作品亦常刊載於國內各報章雜誌。新書《南國夢獸》風格創新，詩句與詩意富奇幻風格，是新生代另類的書寫語言。

　　本輯六部作品，有如六場心靈饗宴，每一部作品都各有其不同的特色和精彩之處，在此邀請喜愛閱讀的朋友們，一起來領略臺南文學的多樣性面貌。

臺南市政府文化局　局長

傳承與累積

　　臺南作家文學從古典到現代，傳承不斷，縣市合併至今，近三十年的作家作品集，每年都有豐碩的傳承與累積，老幹新枝，各呈風華。此次《臺南作家作品集》推薦與徵選作品輯共十一冊，最後決定出版推薦作品《拈花對天窗——龔顯榮詩集》、《我在；我在鹽鄉種田》，徵選作品《向文字深邃處摘星——華語文學評論集》、《記述府城：水交社》、《往事一幕一幕》、《南國夢獸》共六冊。

　　龔顯榮《拈花對天窗——龔顯榮詩集》，作者是府城前輩詩人，其作品富含哲理，轉折微妙，詩作〈天窗〉膾炙人口，早年即有意收入其作品出版，惜未能獲得手稿，此次幸經李若鶯老師與其家人聯繫，才得以授權，彌足珍貴。

　　林仙龍《我在；我在鹽鄉種田》，作者是著作頗豐的鹽分地帶作家，成名甚早。他的兒童文學、詩、散文都有相當多的讀者，此次以返鄉後生活為書寫主題，自然景物與田園生活，天光雲影，詩文並呈，筆下鹽鄉農漁生活與事物記趣，寧靜而不喧嘩，值得品味。

　　顏銘俊《向文字深邃處摘星——華語文學評論集》，這是一本以現代詩評論為主的著作，本書逐字逐句分析詩作，專注於詩句與詩旨的推演，作品詮釋深入，文字有味，雖析論模式稍嫌固定，但作為愛詩者的導讀之作，堪稱適當。

　　蕭文《記述府城：水交社》，作者出生眷村，長期挖掘水交社眷村的人物故事與社區歷史，訪談紀錄甚多，發表過許多相關文章。水交社是臺南眷村的重要指標，本書考證蒐集許多第一手史料，記錄近代史縮影，題材深刻，值得保存。

　　許正勳臺語詩集《往事一幕一幕》，作者長期書寫臺語詩，早已卓然成家，此次透過地景與人物書寫，更為動人。尤其第三輯「黃昏」，寫夫妻恩情與妻子罹病過世後的思念，情真意切，感人肺腑。

　　林益彰《南國夢獸》，作者雖年輕，卻已得過許多文學獎，擔任「南寧文學・家」進駐的藝術家，書寫臺南三十七區，言語跳耀靈動，充滿奇思幻想，用典有趣，頗具個人創新風格。

　　　　本輯主編　陳昌明
　　　　（國立成功大學中國文學系名譽教授）

關於本書的誕生

李若鶯

　　大約是在 2002 年的某一天，林佛兒說要介紹我認識二個朋友，他說，是他離開臺北住在臺南以來很慶幸能結交到的好朋友。他講得很慎重，可以體會這二位朋友在他心中的份量。這二位就是葉笛和龔顯榮。從那時開始，直到 2006 年葉笛謝世之前的四、五年間，葉笛伉儷、龔顯榮伉儷和我們來往相當頻繁，常常一起聚會走遊、家庭餐敘。那時我們住民生路運河邊，印象最深刻的一次，兩位詩人到我家聚會，酒酣耳熱，葉笛站起來擺出鬥牛士姿態跳起舞來；他落座後，龔顯榮手持竹筷敲著桌緣打拍子，唱起北管「百家春」，那聲腔和垂首專注吟唱的神情，一直深深印在我腦海，彷彿在那一刻，他跳脫了當下，完全沉浸在歌詞和旋律的情境中，我們也被帶進在那情境沉浮，以至於歌聲停止，觥籌猶有片刻的靜默。後來在別的場合，也嘗聽他吟唱「百家春」，感覺在我家那次最是迴腸盪氣。

　　向文化局建議印行龔顯榮詩集時，並沒有十足把握可以順利出書。林佛兒於 2017 年猝逝，龔顯榮亦於 2019 年辭世，失聯多年，我不確定是否還能聯絡上他的家人。試

著撥打以前留下的市內電話，都沒人接；向共同的文友打聽，都說不甚清楚；二度親自去舊家尋訪，重門深鎖，但門口盆栽又彷彿有人照顧……不肯放棄地第三次造訪，特地挑了假日午前，一樣地門窗緊閉，呼喚、敲門都沒有任何回應。我去按隔壁家門鈴，出來一位婦人，她說：龔太太去和兒子住了，好像有一個晚輩有時會來這裡。又說：妳問最前面那家，他們比較清楚。於是我去按了第二家的門鈴。應門的先生在聽我說了原委後，說：我有龔先生兒子的電話，我來問可不可以給妳。於是，我和龔顯榮的兒子龔詩哲先生聯絡上了，他說委由我全權進行編輯，事情總算可以順當展開了。

不久，小龔先生寄來一本《天窗》和一片華視製作的「詩人部落格——第三十四集 龔顯榮」的ＣＤ。這些是他們僅有的了。於是我在網路上向文友求救，尤其是「笠」詩社和「文學臺灣」編輯部，這是龔顯榮生前比較可能投稿的刊物。請他們幫忙翻找龔顯榮的遺稿，如果誰有他的第一本詩集《來自靈山的一朵小花》，也請借我翻印。沒隔多久，「文學臺灣」的汪軍伻小姐就寄來裝訂好的《來自靈山的一朵小花》影本；「笠」詩社的李昌憲先生、謝碧修小姐熱心回應願意幫我一起為前輩詩人龔顯榮完成這

件事。他們逐期翻檢，找出龔顯榮在《笠》發表的詩作，並不嫻熟打字的李昌憲還辛勤地一首首輸入建檔。後來，龔先生生前好友且寫過多篇與其相關文章的莊金國先生也提供不少資料。這本書終於骨肉完備了。

　　本書在龔顯榮的作品部分，以龔顯榮的二本絕版詩集為主：1968 年出版的《來自靈山的一朵小花》、1990 年出版的《天窗》。其間相去 22 年，二本詩集合計詩作 46 首。這二本集子都盡量保留原編內容，不過後集重複收錄前集八首，本書予以刪略，故只得 38 首。《天窗》複錄時修改原詩的部分，也據以訂正《來自靈山的一朵小花》舊作。另有集外詩 6 首，是僅能蒐羅到的後米作品。真是一位不輕易下筆、惜墨如金的詩人！其中最晚面世的〈所以，我喜歡臺灣獨立……〉一詩，發表在 2004 年 6 月出版的《推理雜誌》月刊第 237 期。當時，我已參與編務，對這首「卷首詩」留有深刻印象，才免遺珠。

　　龔先生的詩，總體而言，意涵深遠，語言精煉，富有律動感和圖畫性。他或許不是重要的詩人，但的確是不應該被忽略被遺忘的詩人。尤其是他的代表作〈天窗〉，這不只是一首家族的詩，更是一個國家、一個時代的詩！在

臺灣歷史和文學史中，都應該留有他的身影。本書除了龔
先生本人的作品，也收錄了諸如訪問稿、文友側記報導之
類的文章，兼及他辭世後，詩友追悼的部分篇什。希望這
本書可以提供讀者完整的龔顯榮一生文學志業的全貌，以
期讀者能讀其詩知其人明其世。關於龔先生之詩的評述，
《臺灣現代詩》第 13 期（2008 年 3 月出版）特別製作論
評專輯，有興趣的讀者可另行參考。

龔顯榮傳略

龔詩哲　敬撰

龔顯榮傳略

　　龔顯榮（1939 - 2019），出生於臺南市，為家中長子，下有一妹。幼時常在廟埕聽鄉先輩講述三國演義、西遊記、七俠五義等故事，逐漸培養古典文學素養。就讀永福國小時，經歷二二八事件。當時其父親因參與宣傳活動，成為被政府緝捕的對象。某天夜裡，軍人為了搜捕其父親，半夜用槍托撞門，父親危急中攀爬天窗逃走，軍人大肆搜索未果，朝天窗射擊數槍離去。三、四個月後，事件稍稍平息，父親才再由天窗潛返。但從此之後，父親便抑鬱以終。這件事影響後來龔顯榮創作了《天窗》一詩。

　　龔顯榮國小畢業後考上長榮中學初級部，在求學過程中，逐漸培養宗教意識，及對人關懷的良善涵養。這段時期，除了擔任足球隊長之外，亦開始大量閱讀小說，從小說中體會了許多人生的道理，以及建構對整個世界的形象。初中畢業後，由於家境清寒，選擇臺南高級工業職業學校化工科就讀。高一時，母親為貼補家用，常去寺廟幫忙辦素筵，這個因緣，對龔顯榮的生命哲思與文學情感產生碩

大的影響。當時在臺南市中正路土地銀行後面有間寺廟叫做湛然精舍，廟的住持，是從哈爾濱來的慧峰大師，很會講經弘法。但是外省法師講經，需有人幫忙翻譯成臺語，在因緣際會下，龔顯榮遂成了法師講經的譯者。也因常聽法師講經，更加深了對佛學的興趣，同時也訓練出很好的口才。再加上原本漢文底子就不錯，所以對十二因緣等佛學名相的解釋頗為清楚。此後，大量閱讀古典佛經與當時逐漸興盛的現代佛學書籍，更加融會貫通佛教的思想與邏輯。

高工畢業後，第一份工作任職於化工廠，但因首日即發生工安意外，於是立刻辭職。後經朋友介紹到臺南土城國小擔任代課老師，因緣際會認識了海東國小的葉笛（詩人，本名葉寄民）老師，當時已頗有詩名。 因葉笛引介加入「笠」詩社，從此與《笠》詩刊結下不解之緣。之後轉任電聲廣播電臺的臺語播音員，並以「羅馬居士」的化名，主持許多佛教廣播節目。1970 年與林絨女士結婚，婚後育有一子。1973 年進入太子建設公司，任職直到退休。曾任《笠》詩刊編輯委員、臺灣現代詩人協會常務理事、臺南市佛教會常務理事等職。退休後，投身於佛教慈善團體，以社會關懷為其退休後之志業。

　　龔顯榮於 1960 年代初期開始寫詩，1968 年，出版第一本詩集《來自靈山的一朵小花》，收錄廿五首作品。早期作品多屬於個人學佛禪修的感悟心得。1980 年代，社會興起民主運動風潮，其詩作內容轉為關心政治與社會現實。1989 年，以〈天窗〉一詩獲吳濁流文學獎新詩正獎，並於 1990 年出版第二本詩集《天窗》。然而，面對解嚴後民主的模糊現象，龔顯榮對於往後詩創作的出路，是繼續反應現實關懷抑或是完全循著藝術路線，徘徊在兩者之間，難以抉擇，因此幾於停筆。2019 年，龔顯榮因病辭世，享壽80 歲。

　　綜觀龔顯榮這樣的詩人，既寫充滿禪意的詩，也寫了很多對社會現實的批判，可謂是反映出豐富與多元並存，一個充滿改革理想的在家居士。

吟燈熠熠映天窗

龔詩哲

　　猶記得孩提時期，父親在北部工作，每隔兩週才回臺南一次。每次回家，就會教我背唐詩三百首。所以，在我上國小之前，有許多唐詩已是琅琅上口。如今，父親離去已經第五個年頭了。每當想念父親時，我便會翻閱父親的詩集《天窗》，這是父親留給我最重要的資產，也是身為人子的我能夠窺探父親內心世界的唯一管道。

　　父親在《天窗》的自序裡寫道：「我並非詩人，可是詩卻統治著我一部份的信仰。」何謂詩人？詩人是創作詩歌的人，通過在想像或現實或兩者的結合中傳達一個或多個主題的獨特思想的悠揚、創造性、有節奏的話語來捕捉和吸引讀者心靈的人。[1] 也有人說，詩人並非一種行業，而是利用業餘時間從事詩創作者。其作品可在死後流傳於後代者，始可謂之詩人也。[2]

　　或許，每個人對詩人都有不同的定義，但父親對詩人的定義卻是非常嚴格。「不僅要在作品中呈現感人動人的情操，亦應在人格上從內涵到外表流露出對人類對蒼生的無限關懷。」也因此，父親認為在生命的歷程中扮演一個詩人的角色既艱辛又痛苦，而「詩」又是他表達某些意念的原始媒介，心靈抒發的浮光掠影。

1　維基百科中對於詩人的定義 https://zh.wikipedia.org/zh-tw/ 詩人
2　〈何謂詩人〉傅予著 https://www.merit-times.com/NewsPage.aspx?unid=16035

　　父親的前半生，歷經了二二八、白色恐怖的年代。所以，早年的作品不敢批判現實社會。由於當時家裡四代單傳，祖母要父親別涉入政治，擔心到父親這一代就失傳，所以直到解嚴後兩年，才逐漸有一些社會寫實、政治議題的作品出現。〈天窗〉是父親醞釀四十年的得獎作品，堪稱父親詩作的巔峰。二二八是許多臺灣人心裡永遠的痛。同為二二八受難家屬的父親，在〈天窗〉一詩，信手拈來，不慍不火，將埋藏在臺灣人心中的悲痛，以愛為抒發，不以牙還牙、以眼還眼，我們可以選擇原諒，但絕對不能忘記。我們在沈痛中，學習反思；但面對苦難，我們仍須豁達。

　　除了〈天窗〉以外，〈渴死者〉、〈老兵不死〉、〈傳單〉、〈撕裂的淚珠〉等作品都很犀利。而父親把這些寫實詩都收錄在「一口吸盡西江水」這一輯裡。起初，我一直在思考為何父親會如此安排？

　　「一口吸進西江水」是個禪宗公案。宋朝的龐蘊居士問馬祖‧道一禪師：「不與萬法為侶者，是何人？」祖曰：「待汝一口吸盡西江水，再向汝道！」

　　佛法講空，空是般若智慧的本體界，但是本體界不容易了解，所以從現象界的「有」著手。畢竟「空」和「有」乃是一體兩面，色不異空，空不異色，色即是空，空即是色。所以，「一口吸進西江水」來比喻融貫萬法，先深入

了悟現象界生滅諸法，生滅滅已，寂滅為樂，自然能徹悟絕對、唯一、真常的本體界，如此自然能夠不與萬法為侶。也因此，在進入禪詩之前，父親在卷頭先描繪各種社會的森羅萬象。藉此表達對社會的關懷，對家國的期望：「請你良知上也開一天窗　天窗外面的黑暗總有一天會透進五彩的光芒」。這無異呼應了父親對詩人的期許：在人格上從內涵到外表流露出對人類、對蒼生的無限關懷。所以方能在作品中展現出如此動人的情操。也因此，每每讀到此，總能觸動心扉，潸然淚下。

　　若說，詩統治著父親一部分的信仰，那佛法就是他人生最重要的信仰。早年父親在因緣際會下接觸了佛法，在二十幾歲應是熱情奔放、風花雪月的年紀時，卻對生命有著不同的體悟。想像著一位「帶著憂鬱的笑顏」且雙眸深鎖的初心佛子，心裏有著「滿小千世界的哀愁」，寫下「夕陽正在散播淒涼／夕陽不為誰忙」這樣的句子。這些年輕時期的作品，收錄在他第一本詩集《來自靈山的一朵小花》裡面。

　　到了 1980 那段經濟起飛，臺灣錢淹腳目的年代，相對於瘋狂賺錢的社會氛圍，父親這時期的禪風詩作，就像破爛衫裡的清風，在平淡中，流露著一股禪悅。且看〈天女散花〉：「此刻；落花忍痛敲叩人間的寧靜／伊已不再眷戀禪機片片的晚霞／瞇眼輕嘆落花逐水花非花／推卻掉思索一劍斷行後落花羞澀的情景」。

　　同一段時間，寒山拾得研究頗受學院派的歡迎，為此，父親亦寫下了一系列的〈寒山變奏曲〉的作品。試圖把自己融入另一個時空的擺盪中，悠遊在寒山拾得的內心世界裡，再從其生命價值感中，解脫出另一種自己的經驗。

　　然而，人生縱有萬千姿態，唯中年得千萬孤獨。在萬籟俱寂的夜裡，詩人的心，難免感到孤單與滄桑。孤懷入夜與誰鄰？回顧年輕時的詩作，審視當年的初心，如果能保持單純的本心，那麼身邊的尋常事物，不管是風中的蟬鳴、山中的明月、或是窗裡那盞陪伴吟詩的燈火，都讓人格外的親切。所以在「窗裡吟燈亦可親」這一輯收錄了《來自靈山的一朵小花》部分作品。

　　父親自許是那盞落入蒼冥的小燈，在遼闊的星河中置身一種點綴的地位，期冀輪迴裡有一份錯綜的喜悅。

　　父親在我小學五年級時調到高雄，天天從臺南開車到高雄通勤。有一次，祖母摔斷腿住院，在那個通訊不方便的年代，父親正與客戶應酬，第一時間一直聯絡不上。後來得知此事，趕緊開車上高速公路，思母情緒湧現，一路痛心自責淚流滿面的回到家裡，但卻遍尋不著家人，倉皇的在各大醫院外科亂闖，後來才找到，跪倒在祖母病榻前，傷心懺悔。這是〈三○三病房〉的故事。

而在 1984 年、1986 年，父親分別到日本、韓國參加亞洲詩人大會，於是有了〈他們說我醉了〉、〈濟州塌鼻子的土地公〉等作品。

　　在我國高中的那段時間，父親常有文學界的朋友來家中作客，我也會一起陪同。父親酒酣耳熱之際，總會吟唱〈將進酒〉、〈相思燈〉等，炒熱整個氣氛，豪氣干雲的形象，是父親在我心目中最鮮明的印象。

　　除了前述的作品外，父親在「無可奈何花落去」這一輯裡的詩作有部分是跳脫禪詩、跳脫政治詩作題材，轉而描寫男女激情、淒艷的戀情。如：〈頹廢的一盞燈〉、〈古船〉、〈慾·五十男·惑〉等等。究竟是人生即將半百，面對逝去青春的迷惘，抑或是像李商隱的〈錦瑟〉：「此情可待成追憶，只是當時已惘然。」那般的情到深處，相思入骨的哀愁？在這些晦澀不明的詩意中，我無法參透其端倪。

　　可以理解的是，夕陽無限好，只是近黃昏。父親借用了晏殊的名句：「無可奈何花落去」，表達對歲月及生命流逝的惆悵與感傷。或許，就像父親自己說的，他漂泊在詩與禪間頻頻窺探我是誰，過了不惑之年卻難解詩與我之間孰真孰幻。

　　卷末，握住溫暖的小手，包含了童詩題材與兩首父親創作的歌曲。〈一個父親的祈禱〉是父親送我的十一歲生日禮物。這是我收過質量最輕，但重量最沈重的生日禮物。父親要我學會照顧自己，實實在在安排自己的作息，堅強的為族系活得有意義，然後，規規矩矩的做人，做一個堂堂正正的臺灣人，辨別是非善惡的臺灣人。

　　記得當時收到父親這個禮物，心情格外沈重，痛哭流涕。一夕之間，小男孩被迫要長大。也因此，生日對我來說，不存在儀式感與特別的期待。無疑的，父親也把他對詩及詩人的情懷與冀望，投射到下一代身上，於是，我的名字就變成「詩哲」了。

　　然而，我既無父親的才華，對佛法的領悟亦是粗淺。職業上我選擇了從商，而文學創作方面，亦甚少有機會涉獵。

　　父親走了，很可惜的，我再也沒有機會與父親把酒言歡，促膝長談，討論他這些作品。雖然父親不敢以詩人自居，但是在我的心目中，他就是個不折不扣的詩人，是個悲天憫人、憂國憂民的詩人。尤其喜歡父親那些以禪入詩、以詩喻禪的作品，每每讀起來就像一把打開菩提智慧的鑰匙，伴隨著詩格寓意的禪風文字，令人醍醐灌頂，豁然開朗。更妙的是，禪修原本就是如人飲水，冷暖自知；當心

境不同、際遇不同，每次吟賞玩味這些詩作，皆有不同的領會。

　　最後，由衷的感謝此次臺南市文化局的盛舉，將父親的作品重新收集成冊，予以發行。「詩人」日已遠，典型在夙昔。如果讀者能從父親詩句的隻字片語中，觸發一絲一毫的感動，能對蒼生、對家國社會的關懷產生共鳴，那麼，父親的精神將會如同那盞蒼茫中不滅的明燈，繼續在遼闊星河中熠熠發亮。

影像集錦

龔詩哲　提供

我的屋頂開一天窗，
夜夜我透過天窗向外凝望

龔顯榮（前排左二）與笠詩社詩人合照，
中間為女詩人陳秀喜（陳姑媽）

詩人説海浪在乾杯著海浪

居家照

龔顯榮主持臺南市佛教會會員大會理監事選舉

太子建設育德公園捐贈典禮留影

龔顯榮伉儷晚年照片

目次

輯一　來自靈山的一朵小花

輯一

來自靈山的一朵小花

自序

　　我並非詩人，可是詩却統治著我一部份的信仰，從弱冠到現在，十年的歲月中偶爾「情動於中而形於言」，遂將自己心靈的浮光掠影刻劃下來。有許多作品發表過後已難以收集，在這本小冊子裡所展現的每一片段均是個己的喜悅。而假若您不認為我有多方面的偏頗，那麼我願將這份喜悅奉獻給您。

1968 年 12 月 25 日於臺南

塔之訴

吹起一個昇起　一個
存在的昇起
以美、以力、以銅鈴、以追思……

我感覺存在是一種支出
支出淚
支出下嫁空氣的嘆息
而摩天大樓展開揶揄
銀河與地心只供輸蒼白的憐惜

我與死亡同囚在鐵柵與玉磚
外界封鎖我一些廉價的致意
而冥紙張牙舞爪
而月色的裸胸衣投射誘惑
而感覺與感覺爭吵

我常頹然於昇起的榮耀
參與一連串版圖醱酵的荒唐
且留意暴君們遺骸的葬禮

啊！別提了　泡沫脆弱而易成

我讓銅鈴敲響風聲
帶給恒河、黃河、鴨綠江、富士山
我血液變型的消息
而她們樂了，遠避了，嗤笑了
置我於鮮苔與枯藤之纏綿而去
而去

1960 年 12 月

行腳人

牽著兩端的遙遠
我緊銜著拈花微笑的掌故
追逐　濃蔭燃燒著濃蔭

青春在皺紋的陰影裡顯得疲憊了
那上古時代的戀情已發霉
我沉澱於新的愛曲的深淵
墾植凡夫的愁緒與歡悅

有人意味深長地對生存呻吟
有人揮臂爭辯著死亡的定義
有人漠然呼吸

而鹿野苑的陽光斜射了
耶路撒冷的麵包屑撒滿了我的腳程
襤褸的衣襟補釘著星星的竊笑
我困惑一切人們的坦然

哦，歇歇吧！忙碌的臭皮囊

且在秋收前為自己譜好葬曲
給樂聖祭祀一些
美之液
生命之液

1961 年 5 月

禪和子

聽說舍利佛的智慧過飽和了
而我很想掇拾溢散的碎片

有一些隱隱的擴展
世界再也容不下我的沉思
（到月球去吧！月球就在隔壁）

比一比金字塔
比一比泰山
我微笑著屹立於剎那

1961 年 4 月

塵世的煩惱

五月，炎陽肆虐；南方，有物在燃燒
燃燒初逝的春日，燃燒某些人工的裝飾

你從「春風秋雨」的感覺醒來
悵然焚化滿劇院的寂靜

城市傲視於巴黎的鐵塔
而總羞見瘂弦近塑的深淵

娑婆與極樂距離如霧
懂得苦惱的你摸向已悉

我總提不起興趣去解剖業識的瘡疤
很想讓上帝去埋葬祂自己的絕望

五月，塵世的煩惱日熾
燃燒正開始

1961 年 6 月

睡蓮花

古老的童話分解了，
世尊在藍毗尼園演戲，
而我是朵難過的睡蓮花，
我只想嫁一葉菩提。

流星和正覺誰是主人？
這些夢總愛偎在宇宙的谷懷，
創造釋迦與彌勒的糾紛。

軌跡易變，構思常苦笑。
夏常虐待睡蓮花，
說我何以躲在攝氏零度以下，
度著奢侈的紅樓夢。

文明與美學在裸像展覽，
裟娑的眼睛如放流刑，
你活著，我睡，
我睡世紀的長廊如雲如煙。

唯大迦葉的微笑最富價值，
鐘聲最喜開時間玩笑，
你來吧　階梯如針，
別去啊！全然如夢，如睡蓮花。

1961 年 7 月

碎菩提

菩提子不香，
菩提子很圓。
碎了，
每一顆圓碎為恒沙點點。

碎在你心，
碎在陽光的陰影。
我們相識，
在遠古？在今夕？
而長著：圓圓的菩提子，
碎了。
碎成菩提；
碎成香。

1961 年 11 月

苦惱的南方人

忘了告訴妳，夢與煩惱難分
華嚴會上數呼吸的冰如凍僵

舒展妳的笑，舒展妳的苦惱
有人說蓮花的存在是種慾望
存在深淵　存在禪

掙脫不了這裡，到處有陽光的誘惑
到處有星河的軌跡
妳欲聽人生則請進貝氏的命運
神秘跟信仰總該分居
晚夏的妳蟬聲漸寂

1961 年 11 月 17 日於臺南勝利之聲電臺

法華精舍

繁露亂點，紅塵喧嚷。
小千世界不屬於南方，
菩提成長，
淚水成長！

這裡綠滿人間，不是愛情季節。
鈴鐺響著，苦修僧遺失喜悅。
月落夢殘，可憐是你？
可憐是我？
我不希冀釋迦的智慧，
蓮花處處；笑靨朵朵。
娑婆是條死巷，巷不全然寂寞；
別離我太遠，蟬聲是最好的媒介。

別哭泣，笛韻美在長夜；
夢不濃縮，
影子不語，何方來？何方去？
影子不語；迷茫如昔。

1962 年 3 月

附註：法華精舍在臺灣南部大崗山東麓，係夢幻法師閉關之處。

廟院鐘聲

大千環列：鐘聲漾展，
極樂世界不在西方。

不在西方；懷鄉人迷失方向，
我不走廻廊，
托鉢不是一種流浪。

煩惱季節沉沒，
寂謐停息在思絮縷縷；
此刻有禪：
在默默的足音，
在偶然重疊著偶然。

且踏過委屈的朱橋，我們到彼方，
彼方有憂鬱的笑顏，我們到彼方，
彼方盛放夏日的康乃馨。

而我的血液很淒涼，
看不到朝元寺綻放櫻花[1]；

看不到舍利子在塵世的光芒。

鐘聲日瘦，不帶陽光，

我的血液在曲終人散。

1962 年 4 月

附註：

1　我很懷念聖嚴、青松二位法師，二位思想界的新彗星。

孤星淚

秋意沉沉，星子的淚水氾濫
而我獨抱殘缺
落葉悵然而墜
落葉飄零人間

我的塑像在妳夢中徘徊
我領著妳的貞操去撿拾菩提葉
星子笑笑　星子滴著淚水

是啊　許是一齣悲劇
妳的笑靨總帶有哀愁
我的影子亦含著破碎

而這裏是人間
有一種悠悠的愛情通向圓寂
通向僧侶們繁茂的憂鬱
星子離此不遠　星子常滴著淚水

詩人說海浪在乾杯著海浪
夕陽吞噬夕陽
而我　而我亦飲著星子的淚水
飲著星子無限的蒼茫……

1962 年 9 月

面壁

不是招魂曲　鐘聲喃喃
不是運輸古典　達摩曾遺隻履而去

參他一個父母未生我是誰？
參翠竹黃花　參鶯啼燕語
我是誰？　達摩不是我
我是達摩，我坐你破爛的蒲團九年
我們看海潮之來　聽海潮之去
我們輕敲木魚
懷念你一花開五葉
葉落了，似蓮花凋謝
沒逝去啊，芒鞋頂住了可愛的小沙彌

又是你來要求安心了
你這痴情的斷臂漢子
又是你來演蘆葦渡江的故事了
你這遺失憂鬱的陌生人
來，談一談紫藤攀繞在一棵樹
談一談他為誰譜那首涅槃交響曲

你是達摩？　我是達摩？
我們爬不上嵩山少林寺
夕陽正在散播淒涼
夕陽不為誰忙

送行者總愛說些珍重的話
走吧！江水悠悠　江水浮著天女散花
我有古簫一把能輕渡寂寞
我是達摩　面壁九年
我要流浪到荒原
我不喜廟院鐘聲
這裡沒有眾生不識菩提樹
這裡是維摩詰患疾的城

　　　　　　　　　　　　　　1963 年 1 月

春蠶到死絲方盡

嫘祖的彩裙終於惹下了禍
窈窕淑女們啊
召喚我，召喚我於春之一絲懸盪低廻

我的空鉢中有蛛網的迷惑
有茫茫的戀　有春愁
你別托我　托我輕泛小舟
我的神從不祐我

呵，行到蓮花塘　行到敦煌浮雕
我是夏夜的星子
我顏面的皺紋常開淡淡的小白花

面對著雲霧般的無盡燈　面對著你幽邃的眼神
昨日我是你　昨日你是桑葉一片
你我，你我一樣可憐

總該數一數因緣幾時休了
你的脈搏有淚潺潺而流
有迷失的念珠開始霉爛
有絲盡的春蠶…………

1962 年 3 月

19

涅槃之歌

老頭陀的喃喃終於支離破碎
而有人在這五月花季中吶喊
我將歸去，歸去面臨一種茫然
一種花開花落的凝望

我們曾在恒河沙灘撿到一些禪
很多釋迦坐在很多蓮花上
有夜，也有陽光
笛聲在心中，在遠方
呵，我們常陷於祝福中的紊亂
我們是一群未曾戀愛過的小和尚

而他是要頑石點頭的落魄僧侶
他是鐘，我們是頑石一粒
我們迷失在他悄悄地凋謝裡。

過一站站春花秋月何時了
廢墟躺在懶洋洋的落日餘暉中
古典是我，我是大藏經的一葉

我有許多憂鬱的故事
在我破碎的喃喃

不要為我懷念我的孤苦伶仃
他們在那邊戰爭
那邊有很多有趣的死屍圖案
血腥在人們的記憶中飄流
淡淡的，遠去，流去，流去你的良心

千萬種喜悅齊集在菩提樹下
齊集在那美麗的星星知我心
而你哭泣，哭泣浪蕩異鄉
你的影子重疊在雲霧裡
我的茫然憶不起故事中也有淒迷

大地有歌聲，歌聲悲涼
我懷著饑餓生長到南方
到祇園精舍，如是我聞
呵，尊者阿難，我們是兄弟
我來讓歲月惱人，讓愛情繽紛

而漫山遍野青色幽幽
我來自何處？
來自何處？蒼天！你這苦命的寒山

而蛛絲飄盪在長廊玄思
樵夫領導眾生判別塵埃
判別風動，旛動
判別你這迷路的仁者心動

呵，別愁，孩子，墓園並不寂寞
很多幽靈在低聲細語
在爭執愛冰潔如螢
而我是串招魂鈴
我只想去看一下她安祥的睡姿

而偶然在輪廻中也有一種錯綜的喜悅
我來自塵土
來自塵土中一顆煩惱的菩提子
我不開花
靈山早已荒蕪！

雨聲滴落
滴落的木魚擊碎了送葬人的哀泣
呵，你安息
安息在我如夢的睫蔭裡
安息在靜靜的涅槃之歌
靜靜的涅槃之歌

1963 年冬作品

無聲息的歌唱

許是一齣悲劇，這千年的恒河嗚咽
四月的春雨輕嘆去歲悲涼
猶記否？那草原上一片茫茫的羊群
這已經不是結藏的年代了
出家人離印度遠遠的
撐著一盞燈　在雲霧裡　在榮華的塵世

有誰願意走進蓮華色女不幸的身世？
這世間輓歌淒淒
悲傷恰如東流波浪
我們去山林？我們去荷塘？
去殘缺不全的寺院趺坐寂寞？

鼓聲與踱步飄飄
我有千年的沉思
依附在夕陽山外山
而雲依然蕭條
依然不識葉落影稀
不識醉眼　淚眼

昨日有月色與淺愁伴我

伴我重臨童稚

而叢林的梵唄蒼老

年輪在蒲團上成長

成長徘徊的燕語呢喃

而晚霞迷失在小小的蘆花中

廟階的瘦影是我

我只是雙眸深鎖的凡夫

我有滿懷的夢

有滿小千世界的哀愁………

1964 年 11 月

來自靈山的一朵小花

須菩提，花開塵世　你不必輕噫
星河遼闊　佛陀在此
忉利天上母親的微笑如花綻放
而你枯坐靈鷲
枯坐她的一份黯然神傷

須菩提，菩薩們在笑著
這裡是歡樂人間
這裡飄散無盡的喧嘩
須菩提，你的淡漠似細水長流
似細水長流著花開花落
而琴聲如水　涼透你的孤寂
別哭　須菩提，現在正是雨季

須菩提，雨珠在你平滑的頭頂破碎
雨本無色　何來破碎？
須菩提，小師兄們都去行腳了
他們不要這份淺淺的和諧
他們怕陣陣撩人玄思的雨

須菩提，小師兄們的芒鞋刻滿風景
而佛陀飄泊異域
異域也有風景
須菩提，來了，木魚聲輕唱
唱盡迢迢繁華　唱盡蕭蕭葉落
而塵世依然不安
依然有人悄悄踏過那片蒼老

須菩提，如果佛陀與你偕伴而來
如果小師兄們臉上駐錫著喜悅
我不必，須菩提，我不必踱躞茫茫夜
我乃滿天閃爍的星星
我乃一來自靈山的小花啊！

花開塵世
須菩提，你不必輕噫

1967 年 1 月

一九六七年作品　·　一九八四年略予調整

附註：

1. 據云：釋迦在靈鷲山說法，曾手拈一花微笑不語；眾皆諤然，惟迦葉尊者會心一笑。釋迦遂將禪之奧秘咐囑迦葉。

2. 須菩提乃釋門十大弟子解空第一者。佛家常云「空即是色，色即是空，空不異色，色不異空。」所謂雙遮雙照，空非空，色非色，即真空真色也。

3. 釋迦成道後，爲報母恩，曾到忉利天爲母說法。父喪，亦親自抬棺送葬，以示生身父母親情人倫關係與釋門宗旨不相違悖。

4. 禪門宗風，爲求見性，禪僧需到處參訪耆宿善知識以印證法要。芒鞋斗笠，負鉢持錫，一肩蒲團，山巍路遠，行腳天下名山叢林。偶遇寺廟求借一宿俗云掛單；長期定居進駐禪堂乃稱安搭亦云駐錫。

附錄

殘夢

夕陽的餘暉射在他的背上，望著他瀟灑的身形一步步地離開這裡，我的視線模糊了。

自從師範畢業那年，父親事業失敗鬱鬱而逝，母親傷心過極，復患上嚴重的心臟病以來，這個家庭的擔子就由自己挑下來。兩個弟弟還小，當年都只在念小學，我的責任很大，好在生活苦一點也捱到了現在。幾年來，我從不為自己的幸福打算過，雖然我自知已到了遲暮之年，「紅顏易逝催人老」。真的，每次攬鏡自憐時，頭上的白髮，眼角的魚尾紋都令自己難過。可是一想到衰老的母親，一想到學業未成的弟弟時，只能找「世事了然若春夢」的藉口來安慰自己。

同事們在你面前是叫你「李老師」，在背後我知道「木美人」就是在指我。其實我並不冷血，全校的老師中，我是給小孩子最尊敬的一個，我的感情非常豐富，只有我自己了解。我很清楚我這輩子沒有福氣談戀愛了，我把我所

有的感情都分給學生。「一個人一生總要戀愛一次的」，這是我在師範一年級的時候，一位受過愛情折磨的老處女老師在談她的故事時的開場白。從此，這一句話深深地印在我花般的少女的心。我很想去嚐試愛情的滋味，然而命運安排得如此令人痛心，我要挑重大的擔子，而且義不容辭。誰也不會透視到深藏在我內心的感情是如何的純潔，同事們不懂，學生們更不懂，而真正懂得的，就只有他。然而他却又如此這般的離去了。

　　一個月前六年乙班的王老師胃出血，學校找來了一位代課的老師。當教導主任陪著他出現在大家的面前時，我真不會相信這位個子修長，帶有貴族風度的年輕人竟會到我們這個窮鄉僻壤裡來代課（從前來代課的都是一些孩子氣的中學剛畢業的學生），高高的鼻樑上戴著一副近視眼鏡，而眼鏡後面充滿智慧的眼神，令人有一種莫名的好感。

　　「這位是趙先生，一位品德兼優的青年，學校能夠請他來幫忙很榮幸……」沒等到教導主任介紹完，幾個「豪氣」的男同事就拍手叫好，大叫歡迎，我還看到坐在前面的幾個初出茅廬的「娃娃」老師叫得最起勁。

　　他的目光掃視了辦公室裏每一個角落之後，輕輕地點了一下頭。

　　「謝謝大家，謝謝諸位老師。」

　　就只這麼兩句話，多單調！看看他沒有再説下去的意思，教導主任就指示他的座位。喔，巧極了，王老師的位子剛好在我的對面，自然他也就坐到這個位置上來了。

　　沉默似乎是他的個性。幾天來除了早上見面時互道聲早安以外，很少看到他開口。那幾位娃娃老師總在找機會和他搭訕，問東問西，還常向他演講「本校老師人物論」。我偷偷地注意著他，看他總是鎖眉，微笑，低頭傾聽，很少發表意見，樣子就像尊雕像，顯得老於世故。喔，看他年紀才二十出頭，最多不會超過二十三歲，這份涵養不知從那兒來的。有一次我從外面進來，聽到教美術的葉老師的聲音：

　　「……她是我們全校年齡最大，脾氣最怪，感情最冷的木美人……」

　　我知道我的故事已經不新鮮了，同事們聊天時主題常會是我，我已慣於忍受於旁人的嘲笑。在平時要是聽到了這種話，我只是冷笑一聲，默默地走開。誰想到那天我竟會光起火來，走到葉老師的背後，沒好氣地說：

　　「小妮子，妳的感情火熱到能夠燃燒別人了嗎？」

　　我知道我的臉色一定很難看。這些娃娃老師在平常總不敢惹我的，看到我站在她的背後，更嚇得不知所措。

　　「哎呀！老天爺，算我沒說……對不起，李老師。」

　　我沒再答腔，靜靜地坐到自己的座位上發楞。最後一節我還有課，我叫工友通知我那班的學生自修，我的心情很沉重，沒精神再教給孩子們一點什麼了。不知過了多久，辦公室裡的人都溜光了，只有他仍坐在我的對面改作業。我這時的心情已經平靜了好多，想起剛才的一幕，自己也有點不好意思起來。

　　「趙老師，剛才很抱歉。」

他猛一抬頭，目光在我的臉上凝視了一會，很輕地說：「不，我不會相信任何陌生人第一次向我說的話的，我知道妳是一個富有感情的人，別難過，人世間沒有那麼多的得失可計較。」他停頓了一下，似乎是在考慮下面所要說的是甚麼。「當然，妳負責教育工作這麼久，這些道理妳會比我更清楚的，我尊敬妳，像學生一樣的尊敬妳。」

聽了這幾句話以後，我內心感到委屈似的，竟哭了起來，我知道我的感情沒有這麼脆弱。而我不明白為什麼哭，並且哭得很傷心。

「人生不會全是稱心如意的，有苦惱的人都是想得太多的人。別難過，李老師，妳會幸福的，來日方長。」

喔，這是一個才二十幾歲的男孩子的思想，一個比自己小六、七歲的年輕人安慰自己的話，多奇怪，像個老哲人。我點點頭，不再說甚麼。

從那天以後，我們談話的次數愈來愈多，我發現他非常健談，而且口才也非常流利，知識的幅度也很廣。想不到一向被認為「博學」的我，有些問題討論起來見解都沒有他的

深刻，也沒有他分析得透徹。然而這只限於跟我，在別人的面前他仍是沉默的多。我為自己慶幸找到了「知音」。

有一次我看到他看書看迷了，不覺脫口問他：

「趙老師，看什麼書呢？」

他把書本合起來，遞到我這邊來，我一看書名叫「人生的解脫與佛教思想」，是一位日本學者木村泰賢的哲學叢書，遂擺起老大姐的架子說：

「年輕人不應該看這種書。」

「年輕人才應該看這種書。」

「你這是什麼邏輯？」對於他不加思索立刻頂過來的這一句話，我感到很迷惑。

「哲學是一種指導人生的學問，人類為了求生存都需要選擇一條自己所能走的路，而哲學正是牽引你走你應該走的路的嚮導……」

「你是不是佛教徒？」沒等他再說下去，我就插口。由於我想到書名有「佛教思想」四個字。

「不，我並非一個道地的教徒。但是釋迦牟尼的思想與人格是我所欽佩的，我崇拜歷史上的偉人，一如學生們崇拜妳一樣。」

我啞口無言，我知道這一方面自己懂得有限，再討論下去只有自討沒趣，於是改了話題。

「你喜歡音樂嗎？」

「只限古典音樂。」

「誰的作品？」

「最欣賞貝多芬與柴可夫斯基，尤其貝多芬的第五命運交響曲和柴氏的悲愴交響曲。」

「你的思想為什麼都偏向於這些痛苦潦倒的人？」

「因為我是孤兒。」

「唉！你是孤兒？」我感到很驚訝。

「是的，戰爭毀滅了我們的家庭，父母兄弟都死在炮火中，我的童年是在忍辱與孤獨中度過的，我不怕寂寞，我怕的是自己沒有出頭的日子。」

我看到他黯然神傷，連忙找話來安慰他：

「別難過，趙老師，你會幸福的，來日方長。」我學著他以前安慰我的口吻安慰了他。只見他，笑了，笑得很開朗，我知道潛在他內心的感情一定比火更熱。

從此，同事們都說我變了，說我冷若冰霜的臉上時常綻開著笑容，我自己也感覺年輕了許多，就像十年前在學校般的，活潑得像隻蝴蝶，這是否就是在戀愛中，我不清楚。但是我內心時刻在警惕著自己：我的感情不可以從學生之中移植到比自己年輕七、八歲的這個大孩子上去，雖然幾年來懂得我心靈空虛的人只有他一個，但是畢竟他的年齡跟自己有段距離。這是很危險的，人們傳統的觀念不容許你去縮短這段令人窒息的距離的。我盡量的克制自己，我不能傷了他純潔的心靈。

　　一個月很快的過去。王老師的身體已經痊癒了，明天就可以上課。

　　臨行，他向我告辭：

　　「李老師，我走了，一個月來承妳的照顧，我會終生不忘的。妳知道我是個孤兒，很少得過別人給我的溫暖。而我們却有著相同的遭遇，命運在虐待著妳，也襲擊著我，我把妳當作自己的姐姐，我懂得妳內心的苦悶，因為我也在苦悶著。祝妳幸福，姐姐——」

　　我再也控制不了往下墜的眼淚。

　　「弟弟，祝你幸福，姐姐祝你前途無量。」我嗚咽著說。

　　一個人一生總要戀愛一次的，而我只有這半次（朋友請允許我這麼說吧！），而這半次又如此畸形，就像殘夢一般，留下了無限的惆悵！

1962 年 2 月

夜深沉

　　琉璃燈的光焰逐漸地黯淡了，她感覺著。輕微的風搖動著光焰，搖動著四週龐大的陰影。她有點怕，似乎有無限的空虛緊貼著她。她原不該在這裡的，師父曾幾次告誡她不要午夜獨自淒坐在大殿的。她知道唯有師父一人明白她的心事，也似乎不明白她⋯⋯⋯⋯

　　一年多了，這種荒山古寺暮鼓晨鐘的生活已將她的感情滌淨了。她想戲劇與夢幻總跟人生摻合著。人為什麼生？生了為什麼要有痛苦？要有死亡？她茫然。她淒坐在這寂靜而陰沉的大殿就為尋找這一連串解不開的答案的。雖然師父曾屢次向她說：「這一切都是因果。」然而她總不明瞭為什麼要有因果？

　　她的眼神是疲憊的。她只懂得這是命運，命運是誰也不能更改的。一想到命運她就想到了他。他不該闖進她孤寂而淒涼的生活，而又那麼快地毀滅了他們誓約疊築的樂園。那麼悄悄地，那麼無聲息地離去，永遠的離去⋯⋯⋯⋯

　　對於童年的日子她仍能依稀記憶。她記得每天天沒亮

就得跟爹和大哥一起去撿廢紙，她記得這是她們生活的唯一來源，爹早年參加戰役殘廢了一隻手，一隻手的人社會是不能容納他，他詛咒社會，厭惡人生。可是他仍然要照顧膝下成群的兒女和終年臥在病榻的妻。她記得童年沒有溫暖，沒有彩色；她老是用貪婪的小眼珠去咀嚼遊伴口裏的零食。他依稀記得終年累月肚子裏是不能很飽的，而她也從不向爹喊過餓。七歲那年，娘死了，爹呼天喚地的痛哭了幾天，滿眼紅絲將她賣給鄰村王家當養女。她以後聽人說：她的幾個弟妹也賣給別人當養子女了。她爹用這些錢埋葬了娘，携著大她二歲的大哥天涯海角的流浪去了。

王家起初待她不壞，養父給她好吃的，好穿的，還送她上學校去唸書。但最令她困惑與心懼的，是養母一對陰沉沉的眼睛，它老是在她歡悦的時候投向她。她不知道這是什麼原因。她後來聽人家講，養母是青樓出身的，她不大清楚青樓是什麼？可是有一種潛意識告訴她青樓是不祥的，也許對於自己未來的命運不會吉祥的。

果然，在她十五歲初中畢業前夕，養父逝世了。這個曾經給她生命活力的人遺棄她而去了。次年，她被養母賣給了酒家。她不能反抗，有幾次她逃走了，但終於又被抓

回來挨揍。認命吧！她想自己的命生下來就賤的，又何必計較什麼好與壞，美與醜，善良與罪惡呢？

但是，他，是他，就是他燃起了她死色的希望，她企求能和其他的女孩子一樣過著有家庭溫暖的日子。他要使她生命復活，她要與他相偕白首。然而，啊，命運，命運是誰也不能更改的呀！他在一次自由的聖戰中殉職了。啊！幸福的夢碎了，死色的悲哀敲打著她痕跡斑斑的心靈。她要狂醉，她要瘋狂，她要擁抱死神，她要到另一世界去尋找失去的他……

師父重拾回她遺落的靈魂。伴著孤燈古佛，她要墾植新栽的慧命小樹，她要在每一個思緒盪漾的夜晚，獨自淒坐著靜對佛陀。

南方之旅──在春天

　　阿爾卑斯山的山谷中有條汽車路，路旁插著一個標語：
「慢慢走！欣賞啊。」欣賞啊！儘管人世間的醜惡到處林
立，我們仍能發現到微笑的陽光。妳許曾聽過佛家的「煩
惱即菩提」，就是這個道理。

　　別急！春風才在排演綠意，讓我在妳靈魂之階坐上一
會，我會告訴妳英國少年為什麼憂鬱？我會告訴妳泡沫為
什麼存在於重疊的浪花之間？我會告訴妳慾望與禪有何差
異？別急，坐下來，閉上妳的眼睛，深深地呼吸一下新鮮
的空氣，空氣中有泥土的原始氣息。對了，我們是在田園
間找尋迷茫的默契的。年華飄落，我已不及妳眼神中世界
的光怪陸離。塵埃總要往下墮落，聽著，路很遠，我們還
是邊走邊談吧。

　　妳記得詩哲泰戈爾的泉源一詩嗎？「睡眠撲翅飛息在
孩子的眼睛上──是否有人知道這睡眠來自何處……」多
美，多寧靜，多引人依戀於母親懷中聆聽催眠曲的意境。
是的，罪惡都是人有了自主能力後的產品，我們常常嚮往
孩提的樂趣，童真原是美的精靈的替身，在源源不息的生

命長流中，它是一條直線與另一條直線距離的兩端之點，點綴著生滅，點綴著你我，點綴著春天。

　　有位現代詩人曾說：「我的血液裡有一半是魔鬼的成份」，他可怕嗎？不，他有反叛世俗殘渣的狂勁，他不是一種廉價的合群動物之流。我們這個時代常有令人窒息的感覺，在集體調情與自我放逐之間，已分不清「希臘女神的雕像與血色鮮麗的英國姑娘」孰美。悲劇已與人類的眼淚絕緣。真的，「我是一株被鋸斷的苦梨，在年輪上，你仍可聽清楚風聲，蟬聲。」陽光依然存在，陽光不計較美麗，善惡。我恐怖於黃昏之後搖幌的睡意，在這正月的南方，我們要走的路很遠很遠，我才把話匣子打開，妳在聽著嗎？喔，謝謝妳，謝謝妳含羞草般的笑意。

　　妳一定會了然「日子很短」對於我們有多大的委屈，我會一點一滴地拼湊著不可期的整體，誰想到兩極真像傳說般的冷寂。我困惑著我的步履是否錯亂，沒辦法啊！雪花壓著思念，我看不清妳綠茵上紅色的蓓蕾。這世界是張慾望之網的擴張。妳欣賞馬龍白蘭度的微笑？不錯，他是「岸上風雲」一片的主角，他的微笑比詹姆斯狄恩的撞車更富悲劇感。妳一定會想到「半下流社會」卷首的名句：「請

為生者悲哀，莫為死者流淚。」喔，好聰明的秀才，我崇拜你，你是達人，你是我們「迷失一代」的先進。

　　喔，妳真的疲倦了，再歇歇吧，剛才妳不是在迷惑我的嘆息嗎？妳不是急著要我的解釋嗎？喔，妳真的疲倦了。好吧！坐下來，我在妳的身旁守著妳。祝福妳，祝福妳有個甜甜的夢境。

1962 年 6 月

輯二　天窗

穿破「天窗」的遊俠

江明樹

　　認識顯榮兄，是在二年半前，大同二路「小松」日本料理店，黃伯川、我與振江兄簽約長篇小說「寡婦歲月」，顯榮兄作證，四人吃飯喝酒，聊得甚是愉快，對他留下深刻印象。

　　爾後，許振江一有遠地文友會晤，大都邀我作陪，所持理由是我搞文學出版，應多認識一些文友。每次，我均碰到龔顯榮，有他倆在，通常酒都喝得不少。

　　有一回，宴請「落山風」導演黃玉珊小姐，汪笨湖、朱煒欽與蕭郎、陳艷秋夫婦亦在座，那天陳年紹興幹掉好幾瓶，酒酣耳熱之際，龔兄詩興大發，逕自以臺語古調吟起唐詩來，字正腔圓，中氣十足，聲音渾厚，贏得滿堂彩。一下子，頓時把場面炒熱起來，緊接著蕭郎喉嚨發癢，也高吭起臺灣歌謠來，龔兄是個中高手，在一旁情不自禁拿起一支筷子，敲桌配合其節奏，把喝酒的氣氛推向高潮。偶爾，其他人插一曲，餘皆由龔顯榮、蕭郎包辦，又是詩詞，又是道白，又是歌謠，兩人豪放不羈，慷慨激昂，一

個是金庸筆下的「龔大俠」，一個是古龍筆下的「蕭十一郎」，兩人歌藝各有千秋，不相上下；但「龔大俠」的臺語詩詞吟唱的豪情與功力，截至目前，尚未找到比他吟得更好的，當然，陳文銓、吳曼圭也不差！

前不久，我從莊金國處借到龔顯榮的詩集《來自靈山的一朵小花》，只印典藏版二百本，早已絕版，本來只想看一看就還給金國兄，看了幾首，覺得還不錯，便整本拿去影印下來，主要是其詩帶有禪味。我喜歡王維、寒山、八指頭陀的詩，及詩人周夢蝶一些現代詩。

龔顯榮，一九三九年生，臺南市人，就讀長榮初中時，十三、四歲即有習作在長榮校刊出現，與許達然（文雄）、施明元同班，由於家境狀況不佳，為提早就業賺錢養家，選讀臺南工業學校化工科，畢業後，開始接近禪師，曾任臺南勝利電臺播音員，現任職太子建設公司經理。口才甚佳，辯才無礙，生活經驗閱歷均甚豐富，葷素故事笑話在其口中道來，引人入勝，堪稱一絕，有幾位小說家均曾從中獲取靈感………。

《來自靈山的一朵小花》這本詩集，在民國五十七年十二月出版，作品發表的日期從民國四十九年到民國

五十六年，只收廿五首，雖無特別佳作，但水準整齊，仔細觀察這些早期作品，顯然受當年現代詩壇流風影響。

　　有人說，臺灣詩人寫的詩，只給詩友欣賞，讀詩人口比讀小說人口少的多，懸殊甚大，這注定詩人要比小說家更為寂寞，境遇更為不堪。但臺灣詩人沒有絕望，他們鍥而不捨地寫，詩人部隊也藉打打筆戰，引人注意。一些詩人前衛實驗過火，導致偽詩大量出現，報紙副刊全面封殺現代詩，他們就在詩刊發表，十之八九的詩集都是自印，然後送給詩友。《來自靈山的一朵小花》，也沒有例外，也像大部份的詩集，沒有激起任何迴響，甚至一絲漣漪，其實，這本詩集頗值得一看！

面壁

不是招魂曲　　鐘聲喃喃
不是運輸古典　　達摩曾遺隻履而去

參他一個父母未生我是誰？
參翠竹黃花　　參鶯啼燕語
我是誰？　　達摩不是我
我是達摩，我坐你破爛的蒲團九年

我們看海潮之來　聽海潮之去
我們輕敲木魚
懷念你一花開五葉
葉落了，似蓮花凋謝
沒逝去啊，芒鞋頂住了可愛的小沙彌

又是你來要求安心了
你這痴情的斷臂漢子
又是你來演蘆葦渡江的故事了
你這遺失憂鬱的陌生人
來，談一談紫藤攀繞在一棵樹
　　談一談他為誰譜那首涅槃交響曲
你是達摩？　我是達摩？
我們爬不上嵩山少林寺
夕陽正在散播淒涼
夕陽不為誰忙

送行者總愛說些珍重的話
走吧！江水悠悠　江水浮著天女散花
我有古簫一把能輕渡寂寞
我是達摩　面壁九年

我要流浪到荒原
我不喜廟院鐘聲
這裏沒有眾生不識菩提樹
這裏是維摩詰患疾的城

　　這是作者二十三歲的作品，正值青春熱情奔放的時期，
却在某種機緣下接近佛禪，開始出入佛寺，聆聽高僧教義
的開導，而有些體悟；然後，藉諸詩章抒發自己的情感。
此時的詩作，大都閃爍禪意，靠禪佛道情，充滿人間性，
抒發一己鬱結感悟，由此喚起美感經驗，這些異質，即與
當年現代詩人題材同質化有別。更重要的一點，作者是真
正的參悟者，不似當年一些想學周夢蝶者，學得四不像，
引人詬病！

　　「芒鞋頂住了可愛的小沙彌」，小沙彌即作者自喻，
雖未削髮修行，但心境與小和尚無異，仍為世間迷情所蒙
惑，煩惱矛盾所纏縛，暗示道行不高，但仍有可愛之處。
言「芒鞋」與後面「一葦渡江」達摩呼應，蘆葦亦可編鞋，
謂取之自然，但人穿鞋，又受制於自然，故有苦行僧連鞋
也不穿，托鉢避天下。

　　「涅槃」是佛家最高境界，證得此果，便永不受生死，遠離輪迴苦樂，一如理想國、烏托邦、大同世界，有人說自古至今達此境界者，唯釋迦牟尼一人。而凡人欲修持至羅漢境界已甚難，但涅槃歌是聖樂，是天籟，是藝術的最高峰，禪道與藝術亦有相通之處。

　　「夕陽正在散播淒涼／夕陽不為誰忙」是佳句，「我要流浪到荒原／我不喜廟院鐘聲」，對守清規戒律的出家人而言，廟院的暮鼓晨鐘，隨時提醒出家人。人的心靈常處於拉扯或對立的兩極，如何平衡甚難，也許奔向荒原或大自然，更能超曠，這是作者自疑自答，此詩中一再迂迴反覆，感情似超脫，又似束縛，兩者夾雜，若即若離，筆者不禁要問，「面壁」果真能使心靈趨於平靜麼？倘如是，一切問題豈不迎刃而解？

　　現有某些文學作家，學佛幾年，像天才般急著呈現唸經學佛成果，尚未完全有正確領悟之前，沒有批判，沒有自覺，對佛學幾乎全盤接收，也不擔心是否會產生誤導，佛學既是人所作，自有其缺點，無法圓滿，自以為文章寫得好，就無往而不利，人之好為人師，莫此為甚！

　　「寒山變奏曲」亦為作者力作，研究二十多年佛經，曾替法師現場作翻譯，對寒山詩有獨特見解，他能開班授課。

　　詩人在一塊，難免談文論藝。起先，我無法欣賞龔兄其長句子的詩，如〈頹廢的一盞燈〉、〈夏安居〉等。長句子要寫得渾然無跡，毫無堆砌甚難，宛如要把諷刺的詩處理不露一樣難，經過一次長時間交換意見，再聯想其當播音員，廣告詞一口氣不停，一氣呵成的長句，及他吟長詩的功力，我纔理解他為何寫長句子的苦心，如〈空中王祿仙〉，我試著大聲唸，趣味頓生。再試看一九八五年母親節發表在臺灣時報的〈三〇三病房〉：

車輪輾在平滑的路面長路漫浩浩
輾在遊子癱瘓的良知無語問蒼天
高速公路茫茫無奈牽著臍帶的兩端
一端是母親您腿折哀號的呻吟
一端是遊子舉杯恣意英豪的荒唐
一種血淚，重疊著兩段生命的容貌
曾經淒傷過的慈恩如海深不知蛻變於何年何日
遠在臍帶吮吸您滴滴的溫暖終不還

終不還躺在母親您枯瘦的臂彎如夢如幻

多遙遠啊！多遙遠的日子不復在您懷抱裏灑著淚水靜聽您
　　憐惜的慰語

多遙遠啊！母親您搖頭嘆息我的強說愁我的委屈

成長中，攀緣著感官世界重重的渲染重重的執著

偶爾僅只在您噓寒問暖的叮嚀裏凝視您深深的皺紋絲絲的
　　白髮

母親，您眼瞳中出現的遊子讓您淺唱歲月的迷離

淺唱人世間諸般的孤寂與缺憾

從您生命遞嬗出來的另一端恰似遠去的流水

母親，您眼瞳中多渴望流光倒轉孩兒彷彿仍在搖籃擺晃

而今，真實世界母親您的病榻裝滿風燭殘年的苦難

不再攀緣，淚眼中孩兒情願守箸您

守著您夜夜囈語裏出現聲聲的叮嚀

一次復一次

聲聲的叮嚀

　　作者他身為獨生子，四代單傳，事母至孝，母親重病，
他親侍湯藥，日以繼夜，連續在醫院侍候其母八十多天，
自己也差點垮了下來，對母親的孺慕深情自然流露，借助
長句子的糾纏，懊悔的情況完全烘托出來。

　　「長路漫浩浩」典出古詩，加強思念遙禱的感慨，「一端是母親您腿折哀號的呻吟，一端是遊子舉杯恣意英豪的荒唐」的對比，筆者曾聽其真摯悽婉的細訴。

　　作者每天往來臺南高雄上班，風雨無阻，是標準的上班族，那天早上，他母親不慎腿折，送醫後，家人打電話給他，他正與客戶談生意，在外喝咖啡，十二點與客戶轉到一家餐廳用餐喝酒。公司職員傳訊不到，直到二點才醉醺醺的回到公司，知道這件事，趕忙開車上高速公路，思母情緒湧起，越想越痛心，越想越自責糊塗不該，不自覺的滴下淚來，一路淚流不止回到臺南家裏，家裏沒有半個人，他倉皇地找各大外科醫院，像瘋子似地亂闖，找了幾個小時才找到，始跪倒在母親的病榻前，傷心的懺悔，難言的鞭笞，發諸詩詞，定然感人肺腑！

　　龔兄停筆多年，但仍訂閱詩刊，注意詩壇一些訊息。復出後，寫詩更為嚴謹，通常一些詩作，沈澱一段時日，再拿出來改，且一改再改，故其作品量少質精。但有一首〈天窗〉大作，却是他心中醞釀最久的作品，長達四十多年，但處理時却出乎尋常的快，沒什麼更改變動，即成就這首個人的代表作：去年「二二八」發表在臺灣時報上：

天窗

我的屋頂開一天窗
夜夜我透過天窗向外凝望
凝望那一片黑暗
我沉思黑暗幾時會出現曙光
我沉思黑暗還要帶給人類多少哀傷

父親的墳墓上也開一天窗
他的骨骸亦怔怔地凝望外面的黑暗
四十年來他夜夜在沉思兒孫們是否看到亮光
感嘆多少人的血汗揮灑在黑幕上
他知道有數不盡的愛心試圖撥開重重的苦難
他們不會要別人的眼不會要別人的牙
他們只祈求生存的空間更遼闊更開朗
他們只要兒孫們瞭解為什麼流血流汗在這塊土地上
有人說要怎麼收穫就怎麼栽
而怎麼栽也都受到莫名的殘害
究竟誰心裏有愛
究竟誰誠摯地撫慰過受創心靈的傷痛
無辜的受難者伸展多少苦難在我們身上

沒有人瞭解那個夢魘的真相
長久蟄伏的迷惑仍在陰形裏閃爍
噤聲不語期盼遮蓋悲劇黑幕的揭開

我的屋頂開一天窗
四十年前父親從天窗逃難一去不返
父親墳墓上開一天窗
請你良知上也開一天窗
天窗外面的黑暗總有一天會透進五彩的光芒

　　這是一首生命中迸發出來的作品，表達臺灣人深沉的哀傷與心聲，受盡殘害的苦難，此詩一披露，即受到文友們的稱讚！

　　臺灣文學在經過了「鄉土文學論戰」及「美麗島事件」後，許多詩人覺醒了，雖然文學是無力的，但我們樂見詩人作家擔當社會的良心，看看韓國的詩人金芝河、非洲的索因卡、智利的聶魯達、土耳其的希克梅特、捷克的塞佛特、大陸的北島、顧城等，他們抗爭不公不義，值得我們學習。

八十年代，多元化的結果，寫實詩、政治詩、抗議詩風起雲湧。過去的作品，龔兄以其內在的心靈出發，以抒情為主調。而現在他却從外在的現實世界中，把所見所思，透過冷靜的筆觸表現出來。

〈天窗〉所具有的暗示性，留予讀者的空間甚大。「二二八事件」是臺灣人永遠的傷痕，作者在此詩却未以「殺」來凸顯悲劇主題，儘量壓抑內心的沉痛，把埋藏內心好久好久的葛藤，以愛自然抒發出來，不以牙還牙，不以血還血，「我們可以原諒，但我們不能忘記」，隱隱嘲諷殺人以利統治的人性醜陋，顯見作者寬宏敦厚的胸襟。

「二二八事件」把粗礪驃悍的臺灣人做徹底的傷害，前行代的作家詩人，在政治恐懼下，有人乾脆休筆，有人不敢或不願寫出內心的深刻感受。另有一小撮的詩人，捨不得文學，試探隱藏好久，數十年後纏曲折迂迴到寫實主義的道路上，這是怎樣的辛酸歷程。

「不誠無物」，當局應有誠意來處置這件傷痕，早日公布史料，平反冤案，撫平歷史的傷痛，政府更應拿出勇氣面對過去的錯誤，坦然道歉賠償，給受害家屬，一個圓

滿的交代，讓已死的冤魂安寧。

　　解嚴後，仍有一些人心中還無法適應，內心還戒嚴。由「天窗」的聯想，我們需要撐開政治天窗、文化天窗、藝術天窗、體育天窗、經濟天窗、科技天窗……。

　　龔顯榮以〈天窗〉一詩奏捷，獲吳濁流文學獎詩組正獎，堪稱實至名歸。這些年來，他努力以詩貼近自己的生活，貼近自己的土地，並嘗試以平易口語化寫詩；這使我想到美國詩人惠特曼。龔兄〈走上街頭〉、〈老兵不死〉這些口語化的詩，讀來仍留有餘味，未淪爲口號詩，表示其詩處理頗爲精緻，令人擊節。

　　如今五十歲的龔兄，詩藝已趨成熟之境，但願得獎後的他，能有更多的作品出現，尤其是他有處理長詩或敍事史詩的能力，應不能偷懶不寫，又過去他亦有寫小說的經驗，憑其對市井人物的瞭解，及豐富的人生體驗，寫好小說應難不倒他。

我並非詩人

自序

　　「我並非詩人，可是詩却統治著我一部分的信仰。」

　　廿年前，我出版《來自靈山的一朵小花》詩集序中曾有這麼一句話。事隔多年，我仍然堅持個人在這變化萬千的社會中存在的位置感。我從不敢以詩人自居，我認為在生命的歷程中扮演一個詩人的角色既艱辛又痛苦；不僅要在作品中呈現感人動人的情操，亦應在人格上從內涵到外表流露出對人類對蒼生的無限關懷。這世間寫詩的人多如牛毛，而真正成為詩人的却少如鳳角；我無意自鳴清高，却也不願膨脹自己。對文學、對藝術的投入與執著，在我個人生命的觸覺中仍然是一部分的信仰而已。

　　之言文學，我嘗試從事詩作不是由於情感熾盛或無病呻吟。主要緣於個人生性急躁、定力浮淺；加上生活上攀緣既雜且廣，身心常處於一種勞累不安的狀態，難以有寧靜的耐性捕捉泉湧的意象書寫長篇繁文。復次，個人在年輕時亦稍涉獵禪門公案，諸多禪者之論述其文字的練達簡潔，型範成我個人的一種情見。於是身邊的塵務瑣事，常

在「不立文字」何需再行刻劃紀錄沉陷於知見桎梏的偏頗；處理一個觀念常用思維與靜慮的方式卻懶於提筆紓解心中的塊壘。間或有些許心靈的浮光掠影，亦僅以抒懷式的文字描繪概略而已；於是「詩」就很不幸地列入我某些意念表達的原始媒介。迄至目前，若有人欲窺探我「詩」中的所謂文學意境，實乃緣木求魚，徒增唏然。

有些臭味相投的文友發現我在「詩」中加了一大票「禪」的術語，不忍斥為「不知所云」，就把我的作品歸類到「禪詩」那種奧澀難明、孤芳自賞的彙錄裏。也有一些宗門法將、善詠玄機的宿德，把我這種半調子的作品推向「禪詩別裁」的簍筐，讓我自行不生不滅了無依歸。其實，我只願意自己是盞落入蒼冥的小燈，在遼闊的星河中置身一種點綴的地位，冀期輪迴裡也有一份錯綜的喜悅；孰真孰偽，以凡濫聖，以染亂淨，皆在智者的微笑中化為片片浮雲。

也曾追隨國內部分學院騷客迷戀寒山拾得真面目的揭發，把自己融在另一時間空間的擺盪裡，試圖悠游他們的內心世界，再從他們的生命價值感中解脫出另一種自己的經驗；於是，寫下了一系列的寒山變奏曲。作品僅發表一

小部分，卻又被識者喊賊，更有好事者高舉「寒山非禪」截斷我繽紛繚亂的遐思，再回歸到塵世的煩惱中打滾。真是「慾・五十男・惑」也。

　　我飄泊在詩與禪之間頻頻窺探我是誰
　　我是幻？詩是幻？
　　而我非詩人，詩人亦非我！

一　一口吸盡西江水

天窗

我的屋頂開一天窗
夜夜我透過天窗向外凝望
凝望那一片黑暗
我沉思黑暗幾時會出現曙光
我沉思黑暗還要帶給人類多少哀傷

父親的墳墓上也開一天窗
他的骨骸亦怔怔地凝望外面的黑暗
四十年來他夜夜在沉思兒孫們是否看到亮光
感嘆多少人的血汗揮灑在黑幕上
他知道有數不盡的愛心試圖撥開重重的苦難
他們不會要別人的眼不會要別人的牙
他們只祈求生存的空間更遼闊更開朗
他們只要兒孫們瞭解為甚麼流血流汗在這塊土地上
有人說要怎麼收穫就怎麼栽
而怎麼栽也都受到莫名的殘害
究竟誰心裏有愛

究竟誰誠摯地撫慰過受創心靈的傷痛

無辜的受難者伸展多少苦難在我們身上

沒有人瞭解那個夢魘的真相

長久蟄伏的迷惑仍在陰影裏閃爍

噤聲不語期盼遮蓋悲劇黑幕的揭開

我的屋頂開一天窗

四十年前父親從天窗逃難一去不返

父親墳墓上開一天窗

請你良知上也開一天窗

天窗外面的黑暗總有一天會透進五彩的光芒

1988 年 2 月 28 日

傳單

父親佝僂的背影染印著我的血跡
灰白的亂髮恰似冤屈者淚串的線條
不必要傳單上文字的吶喊
父親的繃臉迸裂出漫天飛舞的利刃
經已砍傷偌多禽獸揚揚得意的命根
他們正哀嚎著甚麼叫絕子絕孫

那一年我從上面飄下來
來不及移宮過穴我的五臟六腑竟被震碎
父親抿著嘴抱緊我們的天倫抱緊賸餘的父子連心
究竟我們一起犁過田園犁過小小的鄉土
父親懂
父親懂得用自己風燭殘年的身軀蛻變成血跡斑斑的傳單

而我也在絞盡腦汁思考一種新的程式
讓天理輪迴如何支離破碎那一群禽獸的肢體
讓他們的肢體也從上面飄落下來
飄落在傳單上父親書寫的「還我兒來」

1988 年 4 月 14 日

停車暫借問

停車暫借問

大人　究竟貴賓何所指……

笨蛋　數十年來你未出娘胎已經黨國不分到現在

問話不用腦袋是否存心搗蛋亂來

再敢節外生枝罰單一張叫你無奈

停車暫借問

大人　這裏是自由國度車輛應該自由進出……

刁民　主人跟奴才怎可相提並論

爾今社會風氣這麼壞交通秩序這麼亂

好不容易劃地自限幾個御用停車場

你們窮酸不掂掂自己的份量

膽敢衝破禁忌招惹我土霸王

停車暫借問

大人　我們繳稅養活你是維護社會的正義……

可惡　你人單勢薄也想搞自力救濟

我有公權力我的靠山是特權階級

我是站崗保護主人的霹靂

我００５蠻橫無理專門吃定老百姓的你
不服氣則去耗資僱請神探００７來跟我比一比

1988 年 4 月 22 日

附註：據報載臺灣時報副總編輯蔡某，因公赴小港機場接外國友人，轎車
　　　暫停於貴賓特用格位，被佩章005 之交警辱罵，險遭毆打。隔日在
　　　報端揭發警察執行公務時態度之蠻橫。

走上街頭

他們走上街頭

他們集體上街頭散步

他們揮揚著布條旗幟

他們揮揚著我們心中的積怨不平

他們聲嘶力竭地吶喊

他們吶喊我們心底潛藏的聲籟

交通是紊亂了一點點

我們可以容納他們的隊伍散步過去

就像一陣烟不會影響我們多大的視線

不會的，不會癱瘓我們社會的尊嚴

不會像封鎖市街排舖香案跪拜送葬

不會像美女花車令我們佇立觀望

不會像僑團巡邏我們安和樂利的假相

我們已經沉默數十年

我們在心裏只有浩嘆失望

戒嚴鎮壓使我們的人性不能動彈

操縱控制使我們人形變得怪模怪樣

血滴子滴著我們的血笑飲成一道熱湯

憋不住的咳嗽，命運就是終生政治犯下場

我們的子弟拿著警棍敲碎自己的天良

我們的子弟不是豺狼卻常吞食亡魂散

這樣的，他們走上街頭要求改善

他們在街頭播撒乾淨的種子在我們的土地上

他們在街頭疏導我們被阻塞的意識泉流

不要責怪他們耽誤我們作息的運轉

不要責怪他們影響我們急迫回家做愛

他們每跨一步都在調整我們視野的焦距

他們每跨一步都是對這塊土地充滿無限的關懷

1988 年 5 月 2 日

老兵不死

我們是常在夢中操新娘子的王老五

幾十年來夢洩遺精溢滿幾十個游泳池

生於動亂成於戰爭棄親拋子慘絕人寰

跟隨所謂中央轉進到邊疆臺灣

當初首領保證一年準備三年反攻返鄉

他奶奶的一反一晃四十年都在原地轉

我們的肌肉鬆了骨頭硬了陽具翹不動了

解甲返鄉他奶奶的要返到哪個故鄉

故鄉在海峽的對岸不知爹娘有誰在奉養

我們是垂垂老矣生活潦倒無靠無依

許多人饅頭豆漿三餐不繼天天發呆看夕陽

許多人浪蕩街頭痴痴凝望圓環上那個風吹雨淋的銅像

想當年我們跟隨他東征北伐抗日戡亂

他是壯志未酬身先死偏偏我們就不死

我們不死可以夜夜抱緊授田證

授田證裏有黃金嬌妾還有團團的惡夢

夜夜我們可以意淫一番也可以夢到自己的農場

鶴駕西歸後也可以看自己的骨頭埋葬在自己耕作過的地方

他奶奶的甚麼是自己的地方

想當年不知哪個天打雷劈的傢伙出餿主意要我們幹農場

我們流過多少血多少汗在荒郊在高山

我們拚著一把老骨頭披荊斬棘翻山越嶺

把遍野沙石墾拓成良田千頃

我們傻傻地經歷千辛萬苦卻恨自己愚昧無知

他們說這不是我們的地方不發賣錢的所有權狀

我們的農場應該在海峽對岸那一片錦繡河山

他奶奶的欺瞞哄騙幾十年老頭子都回不到自己的故鄉

我們回不去也甘願埋葬在自己鋤過犁過的土地上

故鄉故鄉活過四十年的臺灣才是我們真正的故鄉

老兵不死

要死也要死在這塊大家共同耕耘的土地上

1988 年 5 月 3 日

渴死者

阿兄歸矣　不要奔喪
死亡的步履已經緊貼我一段愁苦騷動的歲月
我有驕傲的祖先詮釋我這一份飄泊的孤獨
在陰冷詭異的世界咏嘆我島上的愛與死
請莫為我的變調感染太多的哀傷
我甘願
甘願傻傻地秉持一根搖曳的燭光穿越幽漆的黑暗
甘願不馴良地穿越這暴戾摧殘著人性尊嚴的鬼域
用我咄咄逼人的激情見證千秋萬世後你我的榮辱
阿兄歸矣　不要奔喪
我已經在太多荒腔走調的禁忌中活過
我已經在成群瞽盲者揮動凌遲的棍棒中活過
活過不歸路上呼吸隔絕人間情愛的缺憾
活過囚牢黑獄裏和血吞落顆顆牙齒的兀傲
請莫再問我何事沉醉換悲涼
我甘願
甘願斷辟人間的五穀米糧
換取美麗島上不再出現令人癲瘓的恐懼感
阿兄歸矣　不要奔喪

1988 年 8 月 23 日

真難容你這個人

天地之至大也　真難容你這個人
真難容你的一枝筆一張嘴吞噬了魑魅魍魎的兇殘與暴虐
真難容你點燃身軀摯愛的火花點燃民主美麗的烈焰
真難容你瞬間爆裂的肌膚吶喊著爭取百分百自由的呼求
真難容你一身傲骨的英魂扛起臺灣人的苦難與悲切
真難容你撞擊一灘沉寂的死水復活無數哀傷沉冤的魂魄
真難容你沒有死亡你風起雲湧諸多復仇者滿腔的熱血
真難容你人格如此這般的完整與純粹
真難容臺灣會再出現千千萬萬視死如歸焚而不熄的臺灣人
天地之至大也　真難容你這個人猶有所憾焉！

1989 年 4 月

撕裂的淚珠

兩個兒子在美國鴻圖大展
另一個兒子守護臺灣的財產
醫生父親老神在在腳踏雙隻船
這邊荒亂逕飛彼岸
彼岸再觀望臺灣自決的答案
伊的心中此處無家處處家
家鄉與枷鎖何必聯在一串

自來水滴滴清涼
管他溪水是否污染
劃一根火柴棒一堆廢五金化為一團彩艷的光芒
明天在灰燼裏可以掏到賭押六合彩的銀兩
他們嘀咕著媳婦肚皮內的胎兒會變形變樣
幹　阮後生身強力壯　不分暝日幹
臭頭爛耳是阮兜的代誌
都市人聞一點怪味有甚麼關係

高山峻嶺密密麻麻的大樹幹
砍他一輩子也砍伐不完

他們疾呼不可破壞自然生態的循環
說甚麼山上的土壤會被雨水沖散
呵，臺灣不是到處嚷嚷缺乏平原蓋洋房？
我們的功德豈不比愚公移山更無量？
何況光禿禿的山路可以讓無聊的大學生不再迷失嬉戲的方向

呵，誰把我們教育成扭曲人性的思想
呵，誰把臺灣製造成日趨沉淪的臺灣
呵，神明在上神明也在喟然長嘆
長嘆這批蒼生刻意蹧蹋這塊美麗的地方
長嘆顆顆撕裂的淚珠為誰滴落為誰操煩

1989 年 5 月 15 日

二　破襴衫裏包清風

晨間的步履

在熠熠的生命邊緣
我們夢了再夢
不倦的朦朧　不倦的煩躁

且說那一份喧嘩已飄然而去
且說我是盞落入蒼冥的小燈
而我走過黎明　走過如許無聲的召喚
那些石階　那些哀怨
那些透明的迴響　哦
我的足跡仍在遠方伸長
有一齣千山萬水的落寞迎你而來
我們不要守候　我們浪蕩在喜悅與喜悅
總是雲　總是星星　總是悄然的寧靜

飲一樽涼涼的憶
這個世界夠我凝思
夠我穿梭錯誤與錯誤

且據說我的朝代遼闊無垠
有眾多的蓮　有眾多的古典
就帶不來　就帶不來濃濃憂傷的故事
而禪者的側影依然
而我涼涼的憶依然

那麼是誰搖漾著夜色與晨曦
許多眼睛冷冷的飄泊　冷冷的捉摸
我是幻？　世界是幻？
搖漾的夜色與晨曦是幻？
而我的足跡仍在遠方伸長
仍在一種陌生伸長

1971 年 2 月

遼闊的星河

低垂心燈一盞　落入迢迢荒原
我們曾在菩提樹下
曾在一片霞光的風景中　捲入禪思
而雲海之外的雲　天外的天
是碧落　是黃泉
是貝葉載我立於這寂寂的大千世界

不要神明的見證
此番我已不是幽幽的孤魂
我乃流浪的灰塵
揚彌天殘星於一瞬
終是嫦娥撩撥粼粼月光
簫聲淒淒網織傷感
我仍輪迴　在此岸　在彼岸

曾是孤星　淚水汪汪
簫聲引人在荒原中旋轉
而鬼火流瀉漫水遍野
流瀉人間幾許血腥和罪孽

該是誰家月落西江
落盡滴滴苦難和悲涼
我願歸去　歸到唐代秉燭的月光
在此岸　在彼岸
迎遼闊星河　永不回首
迎星河遼闊　歲月悠悠

1971 年 4 月

悼詩一帖──慧峰大師示寂

打從那一年諸多眾生如是我聞
長年飄飄的客心披搭漫漫的歲月
千山萬水　數不盡你沉吟的孤寂
宛若那雲　埋藏低切的叮嚀

而不必到靈山　此地鐘磬也有如歌的行板
而我們總是一池憩睡的蓮
月光下　幾度吮吸你淘盡的血水
依然　幾度輪迴
那麼青山老去青山不老
許多如謎的詩偈負荷你悠悠的悲願
如此憔悴地苦思人間的生離死別

而今　你的瞳眸穿梭如此這般的傷心
那一齣拈花微笑的故事是行雲流水的歸路
正不知
正不知所有的鐘聲將歸宿何處

1973 年 12 月

寒山變奏曲

（一）

事隔多年多劫已無從辨認你我

在那蒼天蒼天的古劇中

千百萬眾生落入罔測我們哭笑的感情

而今，依稀憶及披髮咧牙的點點滴滴

竟是人間恁多痴情漢子的斷腸

（哇，噻！）

（二）

說甚麼此岸　　彼岸

說甚麼貝葉　　塵沙

巖巒石階何異我的大千世界

那一雙破舊的木屐比達達的馬蹄更遙遠

更山水

（汝不是我同流）

（三）

孤峰迎我狂歌長嘯而不迴響

烟霧重重中幾番來去

而，孩子們恣意夜半敲響老和尚斑剝的鐘

俯仰茫茫　何處禪禪

煩囂中怎堪新添諸多悲愴

（豈不見道：東家人死，西家助哀！）

（四）

而恆河沙白雲蒼狗已不見你我情慟

奈何江湖恩怨如潮漲潮落

幾番風雨總要牽動如許山河淚水

縱是有人高喊緣生緣滅空寂蕩蕩

你我一縷清唱實已無從貫穿漫漫荒野

（月落烏啼霜滿天）

（五）

復次：成群瘋顛漢共參那麼一個本地風光

依然是花非花　霧非霧

依然仰首蒼穹張牙舞爪

抱長弓、撫書劍引落霞千姿

愁煞黃河之水天上來

（悠悠哉，聚頭作相，這個如何？）

（六）

或謂：應無所住而生其心適足傲笑天下

揚一抹光帶穿透萬世千秋諸相非相

正不知爾輩用力磨甎云云

山仍是那座山　那座你公案一番的山

無從融入爾等一切苦厄之應度非度

（你道這師僧，費却多少鹽醬）

（七）

然則：若有人持笑矜風月以饗寒巖老漢

嗟殘命傳無盡燈尋覓雲路處

尋覓明鏡中自我無從迴避的影像

終究還是有一份親切的情感

一份歸鄉路遙親情在即的盼望

（欲知雲路處　雲路在虛空）

（八）

是故：不可說不可說如是我聞

山花雖常痴笑綠水悠悠而老僧趺坐如斯

如斯幾番生死猶云我百年不憂

回首花落何處依舊是水連天碧

唉！枉煞老漢寒山覓寒山茫然愁一場

（寒山壓鏡心　此處是家林）

1983 年 3 月

81

華嚴瀑布

之云華嚴，大有佛陀東來普渡眾生的架勢
只是，吾等不遑尋思天河倒瀉耶？江水連天耶？
若落言詮可否指謂一切皆歸因緣？
最是可嘆忒多痴漢喋喋不休仙境！佛境！
談空說有述烟雨論原泉而却恁他歲歲如斯

溯太初諸路英豪匯聚寒巖尋覓天長地久
肩摩接踵嬉笑暢情中陡地蹌跌萬丈峭崖
慘嗥聲起群雄禁不住撕心裂肺哀鳴不已
如此，千秋萬載猶不知何方神聖設陷坑人
而群山寂寂不語
惟殘陽獨垂青我輩狂嘯之長恨

終於出現一個神色倨傲的江湖客
凝眸含笑宛若沉思如何解脫我輩之沉冤
詎料，驀地驟發厲吼揮刀腰斬我輩之鳴咽
而後，跺足長嘆颺然遁去
喃喃聲中但聽再去閉關練劍十年

千百個十年後復來一個懶懶散散的遊方和尚

滿眼惺忪伸腰呵欠佇立良久

說甚麼覓心不可得

說甚麼禪意盎然却是紅塵萬丈

老衲一缽隨緣與斯何干

而後，蹣蹣跚跚曳杖而去

喃喃聲中但聽爾輩再參再參

參啥？山河大地成住壞滅如是我聞

芸芸蒼生不知搬演過多少齣的悲歡離合

而今，依然是偌多紅男綠女簇擁在我輩跟前

那練劍十年的江湖客從未再現

那懶懶散散的老和尚究係曳杖何往？

或許，我輩的泫泣裏出現你；出現你的惘然與哀矜

而，你可曾悟及何以名謂華嚴？

參！

1984 年 12 月 3 日

附註：華嚴瀑布乃日本國立公園日光境內一奇景，號稱全日本最大瀑布。
　　　高九七公尺，莊嚴雄偉，氣勢萬千。今秋旅日，特往一遊，謹留詩
　　　以紀。

山水畫——寄徐君鶴兄

平視是山　高峻是山　深遠是山
點滴是水　細涓是水　巨潭是水
畫中有山　畫中有水　山水有畫
而山中山　水中水呢？
而山中水　水中山呢？
我們環顧遼闊的山河大地
我們亦審思於芥子納須彌
而青山寂寂　綠水悠悠
亘古的山水依舊陪伴著山水
在臨帖著山水本來面目？

1986 年 5 月 13 日

頑石點頭

說了那麼多滅諸煩惱云云

吾等仍不甚了了何謂寂然不動

風拂過，鳥依偎過，日月輪番愛撫過

我們不曾提及過寂寞

最可笑矗立在這荒郊野外何止千百萬年

任他甚麼笑聲、淚水、美醜、愛恨

皆干吾等底事？

倒是你的一雙病眼

落入虛妄迷癡的世界

面對吾等喋喋不休囈語浩嘆

我是有情？我是禪？

真受不了恁個瘋顛漢

又是手摑足踢，又是一陣喝一頭棒

罷了：點個頭，是你執著？是我執著？

乍驚起：白鷺一去不回首！

1986 年 5 月 17 日

天花散花

於是伊把胸中的疾苦推却掉

揮手撒落五彩繽紛的花朵

每一朵花是一首凄美的詩偈

每一詩偈皆有禪修者的道場

像一面磨亮的鏡子

分別映照出眾生的良知

而誰家患有春愁的孩子

在搬演著不思善、不思惡的遊戲

長年漂泊在蒲團的陣營裏

沉沉吟哦隻手之聲的奧秘

或許；關鍵在於萬法歸一，一歸何處的謎底

此刻；落花忍痛敲叩人間的寧靜

伊已不再眷戀禪機片片的晚霞

瞇眼輕嘆落花逐水花非花

推却掉思索一劍斷行後落花羞澀的情景

1986 年 6 月 11 日

夏安居

一聲救火車的笛鳴刮破塵世的喧嘩
人們的焦慮不安蜂湧向另一起新的災難
夏日的滿眼綠樹總是遮不盡眾生無邊的熱惱
夏日的梅雨漣漣也滴不落大地渴盼的清涼
我們何處去？
去把潰散乾枯的魂魄安頓在遠離煩囂煎熬的居處
去把讓我們牽腸掛肚的腐朽環境還我面目的清白
何處去？
千百年來纏訟不休的公案他們仍在熙熙攘攘
他們仍在趨附凋殘變態的山非山山是山
把一個老掉大牙的話題蹧蹋得狼藉斑斑
而究竟是娘生我的飢來吃飯睏來睡覺是禪
抑或正襟危坐如是我聞始能悄悄打破沙鍋問到底
（別得意忘形致落入杯弓蛇影的塵境）
去處！
且渡過今夏的蟲蟻布漫大雨滂沱再說

1987 年 7 月 31 日

附註：佛制。每年農曆四月十五至七月十五乃僧人禁足外出，致力修學習
　　　禪之期間，是名「夏安居」。

三　窗裏吟燈亦可親

（編按：此輯皆錄自作者第一本詩集《來自靈山的一朵小
　　花》，從略，僅存其目。）

禪和子

睡蓮花

廟院鐘聲

孤星淚

面壁

涅槃之歌

無聲無息的歌唱

來自靈山的一朵小花

四　無可奈何花落去

古船

那裏流傳著一齣古老的愛情故事
很多日子我們的航向一直追尋著浪花與潮汐
日出日落掩蓋了許許多多的寂寞
鹹鹹的霧水吻著我們蒼涼的歌聲
甲板上，大海的眼神始終凝視著我們的歸期

多少樓臺煙雨遺落在搖晃的醉鄉
夢中漫漫黃沙滾轉得很遠很長
一次復一次　想繫住那流傳的故事
只是，皺紋般的浪褶不斷地招手含笑
千里外，任誰去憶及那一段淒艷的戀情
默默的，我們仍躺在這艘醉人的古船裏

1984 年 3 月 21 日

也無風雨也無晴

層層的幽思網罩著暮春的歲月
曾經是一朵含羞的蓮
頂過艷陽　頂過星光
期盼自己的映像悅樂著疊疊的峰巒
而今，千萬縷心緒已無從繫住那份遙遙的翹望
最是掛腸伊人在旅邸漂泊的感傷

一陣雨後，我已微悟輪迴的奧秘
請不要再對我覆述嗚咽的情感
此際，且容我逐漸沉溺在茫茫的禪寂
百年後，倘若水邊的蘆花是我
我將搖曳著那份嫵媚
那份在夜殘星稀下輕渡柔柔的眼眸
是我！

1984 年 7 月 21 日

慾・五十男・惑

伊是如此這般地撩動著他的春意
從陽光陪著他一同窺伺伊擺晃的胴體開始
已經準備泅過伊的千頃萬波
即使在暮色蒼茫中仍怔怔地凝視著伊的喘息

或許也可以沉浸於伊強烈焚燒的眼眸
或許也可以傾瀉於伊輕輕碰觸的顫抖
而究竟是挾劍歸客不再重渡陽關千道
恁是一番亢奮撒網捕捉伊幾度生死
泥濘中何從去辨認伊花落的痕跡
垂首低吟的該是自己斑剝的瘦影

1984 年 9 月 17 日

三○三病房

車輪輾在平滑的路面長路漫浩浩

輾在遊子癱瘓的良知無語問蒼天

高速公路茫茫無奈牽著臍帶的兩端

一端是母親您腿折哀號的呻吟

一端是遊子舉杯恣意英豪的荒唐

一種血液，重疊著兩段生命的容貌

曾經淒傷過的慈恩如海深不知蛻變於何年何日

遠在臍帶吮汲您滴滴的溫暖終不還

終不還躺在母親您枯瘦的臂彎如夢如幻

多遙遠啊，多遙遠的日子不復在您懷抱裏灑著淚水靜聽您
　　憐惜的慰語

多遙遠啊，母親您搖頭嘆息我的強說愁我的委屈

成長中，攀緣著感官世界重重的渲染重重的執著

偶爾僅只在您噓寒問暖的叮嚀裏凝視您深深的皺紋絲絲的
　　白髮

母親，您眼瞳中出現的遊子讓您淺唱歲月的迷離

淺唱人世間諸般的孤寂與缺憾

從您生命遞嬗出來的另一端恰似遠去的流水

母親，您眼瞳中多渴望流光倒轉孩兒彷彿仍在搖籃擺晃

而今，真實世界裏母親您的病榻裝滿風燭殘年的苦難
不再攀緣，淚眼中孩兒情願守著您
守著您夜夜囈語裏出現聲聲的叮嚀
一次復一次
聲聲的叮嚀

1985 年 4 月 8 日　於母親病榻前

他們說我醉了

那夜，異國孤獨的夜

刻意要揉碎熱海無情的夜

他們說我醉了

拎著一顆蒼白的心

拎著滿筐友誼的風景

沿街叫賣「力的舞蹈」

他們說我醉了

「聲聲慢」支離破碎了「將進酒」

振衣揚臂欲邀李白撈月去

他們說我醉了

醇香珀醪一杯復一杯

嚓嚓獰笑真醉？假醉？

他們說我醉了

有情？無情？愁腸？斷腸？

蹣跚小步舞披靡了熱海漫漫夜

喟然長嘆相知相扶持你我將是誰？

他們說我醉了

斜倚竹劍竟敢飛渡關山千里

奚落的豈止是附庸風雅的寂寞

醉吧！渾渾噩噩舞他一拳怪招「補破夢」
留待江湖傲笑人間幾許風流事

1985 年 5 月 9 日

附記： 去秋旅日，甫抵熱海，旋買醉傾瀉胸中積鬱。摯友林君不堪余之狂，
　　　酩酊中突對渠揮一醉拳，不意竟擊痛自己齷齪形象。前塵往事，云
　　　懊悔、云懺情，誠不知所云也。

他把苦難帶走——悼音樂家陳主稅

他把苦難帶走
像古來的哲人肩負人類的命運
走一趟污濁的世間
撒播澄淨的種子
然後嘶喊著蒼天
――而去
而去彈奏更多的悲天憫人

他把苦難帶走
不要我們的嘆息
也許他也不忍割捨我們的溫情
也許他要朋友的淚是一盞盞燈
在這中元夜
照亮更多苦難的孤魂

1986 年中元夜

濟州塌鼻子的土地公

惘然佇立在這島嶼的許多角落
守護著島嶼的石頭、風沙與女人
而女人的眼淚早已斟滿我的胃腸
我的胃腸呼嘯著濟州男人的海難

只因爲這個島嶼的貧瘠
男人在蒼茫裏與海浪搏鬥、死亡
曾經綻開的激情總在祈求綿延更旺的香火
我的嘆息錯落著島上女人深閨的寂寞

於是祭祀的一杯酒就是一把淚水
許多女人試探著、摸索著
我的鼻頭酸酸澀澀的層層剝落
在歲月重疊著歲月中
攪和著島上女人焦躁不安的肚皮

1986 年 10 月 4 日

附記：濟州係韓國三千多島嶼最大者，島上石頭、風沙、女人多，故又稱
　　　三多島。因貧瘠，男人出海捕魚常遭海難。爲祈求多生男孩，女人
　　　常將土地公鼻頭刮落一層灰沙和水吞服。日久，每一尊土地公神像
　　　鼻頭均塌。

無色的泡沫

乳房豐腴在伊孱弱的嬌軀凝聚成他授課思辯的焦距

漢朝的昭君怨稀稀疏疏地網兜著伊的疑惑

他的眼神撐開了伊朦朧膠濁的寂寞

伊蘊含慧點的美麗釀成他酣暢無比的醇酒

他終於倒在血泊的鄉土中訴說著伊醉人的靈肉

招手恰似招魂般伊在他的喘息中廝磨甚囂塵上的顫抖

無數次晨昏刀劍交織中如煙似夢的無奈侵蝕他的年華

髮絲老邁地挽不住伊歡欣繾綣後的幽怨

（誰在纏綿中看開看淡過自己？）

（誰又在低吟淺唱終日尋春不見春？）

（誰又能評斷刀劍交織　一觸　是生是死間隙的距離？）

一種被溺斃的回憶他在異域強撐廟堂巨柱的演藝

伊的夢痕又棲息在另一盞頹廢的燈裏

1987 年 12 月 5 日

頹廢的一盞燈

曾經是細小的線香繚繞著人們虛無的譏誚
熬不住即將頹廢的淒涼終於把燈蕊伸展到跨越鄉土的尺度
那些騷動的飛蛾紛紛撲向我的懷裏悽慘的嬌泣
一聲黯然長嘆我把美麗都當一場無奈的災禍
問題出在伊的夢痕像一齣天籟妙韻緊箍住我的銀星千朵
像巨鳥翔空而總脫不掉伊娓娓細訴棄婦的悽惻
包裹一份紈綺子弟的浪蕩任伊揮霍前人遺落的血汗
把無盡的油膏滴滴傾洩在伊潺潺的細流
魂魄偎依慕煞多少五陵年少車輪轆轆絕塵而去
伊始終放任自己的嫵媚噬骨椎心地枯槁我的軒昂
我睥睨天下的燈蕊總搖晃著伊嚵著揶揄的笑意
油盡燈殘　嗤笑聲來自四面八方像飆風擊潰我的逞強
極目蒼茫　頹廢的一盞燈究竟能飲泣哪一種感傷？
伊的夢痕又撲向田園的另一端去揣測一闋病禪

1988 年 1 月 10 日

恰似給你某種推拿的激情

激情摧折後，你遽爾撒手人寰且匆匆携走終生不渝的酒臭
晚風也蕭蕭，我僅能以嘶竭的叫春聲浪遙遙的追悼
追悼我們盤腸三月的諸般慾孳過場
而古城是你我影子疊合轉移姿態的一種夢幻
每一類激情後的感傷皆隱約傳來你魔手異稟的撫彈
只是，我將如何錯開伊眼眸中懍列的猜忌

不必管我命運該爬過多少叢林多少夕陽落去
曾經美麗過的軀殼者眾而我却兀佔紅顏情顛的最後城堡
而今，別來別去　分東分西
孤燕終於橫渡重洋宛若塵埃無奈地飄附異域
縱是有你憐卿何事到天涯又是誰識得苦臉戚戚的故事
或許該還伊一份清白或許任伊長夜盈耳漫漫的嚎啕
寒露後彼岸仍唱和著長長的——個性生活　淋漓盡致
而總得打發歲月無情　泛濫伊一生真偽有誰知呀！

1989 年 10 月 15 日

五　握住溫暖的小手

綜合果汁

我們來自東南西北，
同時擺開各種姿勢，
爭紅鬥豔，取寵人們。

小朋友成群結隊走進冰果店，
吱吱喳喳，指指點點；
又端詳了我們老半天。
我們都展開微笑，
希望小朋友認為自己最香甜。

忽然，老闆的怪手
把我們都抓進了果汁機，
一陣天旋地轉，
我已分辨不出其他的同伴，
只聽到音樂正播放「你儂我儂」，
小朋友大聲呼叫——
「綜合果汁」來囉！

1981 年 7 月

一個父親的祈禱

十一年前的今天
孩子，帶著所有親朋戚友的期盼
你終於來到人間
你終於從媽媽被剖開的肚皮啼出一聲我們的歡呼

孩子，我們不是名門望族
而我們的族系人丁也很單薄
從你往上推　單丁過代
我們是第四次的傳宗接力賽
皇天有眼　總算代代都是男孩
我們被傳統觀念留下來操作族系的綿延
雖然在每個年代我們都偏安為小人物
而我們都活得正大光明

孩子，十一年來你逐漸成長逐漸懂事
我們不希望你超齡的聰明
也從不盼望你將來飛黃騰達來光宗耀祖
我們僅有一個願望
願望你一輩子規規矩矩的做人

不要走邪惡奸詐的不歸路

孩子，今天是你的生日
爸爸不再送你喜愛的玩具禮物
不再幫你切開有燭光的小蛋糕
因為你已逐漸長大
你已經開始可以辨別人間的善惡是非
只要你能夠實實在在的安排自己的作息
只要你能夠堅強的為我們的族系活得有意義
你應該學會照顧自己

十一年前的今天
孩子，你帶給我們很大的喜悅與希望
十一年後的今天
也許，我們都已不在人間
也許，我們已老邁不能再呵護你照顧你
可是；孩子，你總得千萬不能忘記
不能忘記爸爸怎樣的叮嚀你
叮嚀你做一個堂堂正正的臺灣人
做一個能夠辨別是非善惡的臺灣人

1984 年 8 月 22 日

♭E ¾ 小雨的故事

龔顯榮詞曲

```
5 - 5 | 1 - 1 | 2·12 | 3 - · | 3 - 55 | 3 - 2 |
記  得  我  們  童  年  時        在  夏  季  一  個

1 - 6 | 5 - · | 6 - 1 | 2 - 3 | 5 - 3 | 2 - · |
午  後  裡     雨  兒  稀  疏  落        着

3 - 2 | 2 - 16 | 5 - 6 | 1 - · | 5 - 65 | 6 - 1 |
落  着  斷  續  的  哀     愁     妳  突  然  無  端

6 - 6 | 5 - · | 5 - 35 | 1 - 2 | 3 - 43 | 2·0 2 |
的  哭  泣     淚  眼  中  藏  着  淒     迷  而

3 - 5 | 6 - 1 | 3 - 2 | 7 - · | 6 65 | 5 - 3 |
我  也  學  着  大  人  們     深  深  地  嘆  息

3 - 2 | 5 - · | 36 5 - | 3 2 - | 2 1 - | 2 3 - |
嘆     息     只  是  那  雨  兒  依  然  依  然

5 3 - | 3 2 - | 6 5 · | 6 5 - | 5 3 - | 3 2 - |
稀  疏  稀  疏  落  着  落  着  稀  疏  稀  疏

6 1 - | 2 1 - ‖
落  着  落  着
```

（一九八一年四月）

D ¾ 母親的手

龔顯榮詩
景天作曲

(70.5.4)

Andante.親切地.富感情.

```
3  5·6 | 3 - 32 | 1 6 1 23 | 5 3 2 2 - |
母  親 的   手,   是    柔 和 的 搖 籃  曲,

4  4·5 | 2·1 2 4 | 7 6 5 6 5·4 | 2·3 4 3 2 |
輕  輕 地   流 在 我 的 心  上,  我 的 睡 眠 就

1 2 2 7 6 7 | 3 2 1 2 1 - | 1 1·2 | 7 - 4 5 |
無 限 地 安 詳  安 詳 。  母 親 的 手,  是

7 6 5 3 4 | 5 6 5 - · | 7 7 5 6 7 6 | 6 6 6 7 1 7 |
海 邊 的 小 白  浪,    輕 輕   地  撫 摸 我 的 頭 髮,

7 2 3 4 3 6 | 5·6 5 5 2 | 5·2 3 4 7 | 1 - - - · |
我 的 煩 惱 就 漸 漸 地 消 失 漸 漸 消  失 。

3  5·6 | 3 - 32 | 1 6 1 23 | 5 3 2 2 - |
母  親 的   手,   是    春 天 的 紅 太  陽,

4  4·5 | 2·1 2 4 | 7 6 5 6 5·4 | 2·3 4 3 2 |
輕  輕 地   照 耀 我 的 胸  膛,  我 的 生 命 就

1 2 2 7 6 7 1 | 3 2 1 2 1 - |
充 滿 著 希 望 充 滿 希 望 。
```

(一九八一年六月)

105

輯三　集外詩

空中王祿仔仙

有人講阮聲音真好聽，嘴水甜，口才好，死馬講甲會飛天，鐵樹乎阮吹一下風會開花，石獅聽阮蓋到底吐血，其實呀，真見笑。

各位親愛的觀眾，要聽精彩的連續，請暫等二分鐘工商服務了後繼續收聽煞落去。

腳風手風腰骨軟酸風是甚麼症頭就是感冒再感冒無治療再行房事經過年久月深變成酸骨輪痛骨節腰骨會抽會痛這款症頭吃普通止痛劑絕對無效請來改用王祿仙精心監製採用百餘種高級藥材提煉的「只痛您」包你一服見效無效原金退還………嗽嗽嗽咽喉頭癢癢嚙著一直嗽嗽到痰黃黃痰黑黑痰帶血絲嗽嗽嗽一暝嗽到天光嗽到變成肺癆嘎嘎大氣喘這款症頭趕緊趕緊來吃一泡王祿仙去癆解鬱治嗽散乎你現吃現壓嗽…………老大人目睭霧流目油腰痠背痛厚眠夢厚尿水心臟無力少年人夢洩遺精敗腎失血神經衰弱用腦過多記憶力減退婦仁人月經不順赤白帶多乳水不足補胎作月內攏總來呀攏總來服用王祿仙太空電腦超級強力補腎丸……下面請繼續收聽騙仙仔走江湖連續劇。

有人罵阮講話乎人勿赴聽，親像機關槍嗒嗒嗒。其實呀，
真夭壽，電臺要求阮十秒鐘唸二百字，無來唸經唸咒那會
赴市。親愛的聽眾朋友，不信請您試看嘜，上面臺詞唸三
遍，無掛腳擋無嚼舌，包您罵阮路傍屍。失禮啦！

《笠》123 期 (1984.10)

現代公案——臺灣總統民選側記

(1)

佛曰：應無所住而生其心。

許曰：投票部隊不必居「住」在投票地。

(2)

佛曰：當發願求生西方極樂世界。

許曰：政經分離，大膽「西」進。

(3)

佛曰：不可說，不可說。

陳曰：和尚示我，應以宰官身度彼岸十二億「不可說」之
　　　子民。

(4)

佛曰：因果報應，絲毫不爽。

陳曰：抹黑、跟蹤、竊聽、恐嚇、謀殺……
　　　缺乏創意之新白色恐怖令我「不爽」。

(5)

佛曰：愛染係生死煩惱根源。

林曰：情到痴時方為真，

　　　卿須憐我我憐卿。

(6)

佛曰：行者當調身、調息、調心。

郝曰：「調人」不易也。何以故？

　　　調人者，即非調人，是名調人。

(7)

佛曰：色即是空，空即是色。

李曰：民之所欲，常在我心；

　　　誠信「即」空，空「即」誠信。

(8)

佛曰：末法時代，眾生鬥爭堅強。

龔曰：如是我聞，阿門！

《笠》189 期（1995.10）

隨緣不變

正恁麼一拳惹得人間天翻地覆
從此空花水月過盡千般風流處
而伊人獨自知渴來飲水睏來睡眠
且頻觀夕陽揮送鐘聲落入淒迷
不再提及斯人已邈法身當不當猶存
（何不動心　早已無心）

最是可憐檀郎惱亂了一波萬波隨
無奈尋尋覓覓月夜醉覺歸
盡日遮陰於那一段尾巴掛在窗櫺上的掌故
卻直逼誰家不問有言　不問無言
山前山後腳跟爭個西來意又如何
（有影無影　總落笠影）

《笠》200 期（1997.8）

無樹菩提

他們傳說菩提本無樹
而今無樹菩提遍佈燎原般的疑團
璀璨的禪者風貌已經十分荒蕪
憊憊著夏日最後欲醒還夢的沉寂
許多草芥隨風招展
搧動我們在頹垣敗瓦中斥責彼此亦悲亦喜的行程
往昔聲嘶力竭的架勢已不再
塵刹中煙霧瀰漫著緣生緣滅的陳年舊事
所有的眾生亟需一盞湛然剔透的燭燈
在這左支右絀的傳說中去辨識菩提本無樹

《笠》200 期（1997.8）

細説妄念

總是與妄念纏綿不休偌多的前塵往事

總是在妄念中界定諸般的是非對錯

總是讓妄念譜錄著森羅萬象的人我眾生

（何來哉如是前塵　如是是非　如是人我）

有道是　如影隨形　主人是誰誰在呼吸

（幾回生　幾回死　非不非　是不是）

且容妄念相續輾轉妄念悠悠無定止

且容妄念傳説幾許虛空粉粹妄念終不竭

且容妄念驀然回首他不知哪門子的細説妄念耶

——寫於千禧年中秋

《笠》220 期（2000.12）

所以，我喜歡臺灣獨立——
俄羅斯華語導遊莉娜如是説

觀光俄羅斯旅程將寂
陷落流連忘返的旅伴嗆聲試探車臣
似乎車臣子民傾力爭取獨立的資訊
牽引臺灣人民一份同病相憐的感情

喔，不！
伊鐵青著臉瞪著楞楞的遊客

車臣遍地貧瘠荒涼、民不聊生
蠻橫的激進份子屠殺無辜、蹂躪人命
挾制人質老弱婦孺要脅談判得逞得利
族人惶惶度日　不知何處有可靠的肩膀
不知是誰在為誰爭取獨立的命運

而歷經多少苦難多少滄桑的臺灣獨立運動
未嘗聽過殺死一個中國人洩怨
臺灣有愛有溫情
所以，我喜歡臺灣獨立

所以，遊客的我們起身肅立
所以，我們的掌聲綿綿瀰漫
在俄羅斯的天際

—2004 年 6 月 4 日於莫斯科
發表於《推理》月刊 237 期（2004.7）

輯四　附錄

附錄一：龔顯榮側記

華視詩人部落格訪問稿

（一）　關於「天窗」

　　這首「天窗」的創作過程，講起來有個插曲。當時吳錦發很會寫小説，我在高雄上班時，有一次他到我那裡，我説了一個故事給他聽，但是過了兩年他小説都沒寫出來。當時是李登輝當總統，為了二二八事件，很多人要求他道歉，要求他要向臺灣人説對不起。二二八的前一天，他出現在電視上，説要向前看，不要向後看。我當時聽了突然血壓上升，回家之後馬上寫了這首詩。

　　這首詩是我四十年來，放在心裡的一首詩。

　　我父親從天窗跑出去，我父親又從天窗回來。後來在我父親的墳墓上面，我在上面開了一個天窗。除此之外，我所有住過的房子都開了天窗。

　　這樣的兩、三個意象聯想在一起，在當晚我立刻寫下了這首詩。當晚趕緊請《臺灣時報》副刊編輯許振江幫我

排版,隔天就是二二八,就登出來了。立刻有很多詩友為我鼓掌。我很高興這首詩能在那天登出來,很有意義。

這首詩我是在描寫什麼呢?最主要是我父親在四十年前,中國兵要來抓他的時候,他從天窗跑出去,過了三、四個月,他才又從天窗跑回來。後來我父親在五十二歲去世的時候,我在他的墳墓做好之後,跟泥水工說:在墳墓上開個天窗,我父親的骨骸,每天可以看到天窗外的世界。之後我的家,自己蓋的房子或是買的房子,屋頂上面都會開一個天窗。那個天窗就是,我盼望臺灣能儘快看到真正自己臺灣人的光明,看到臺灣人的內心世界。這是我寫這首〈天窗〉的過程。

確確實實這首詩,我並沒有期望這首詩能震撼詩壇,或是讓很多人覺得這首詩很有意義。因為確確實實並沒有用很多心力,是所謂「有心插花花不發,無心栽柳柳成蔭」吧!

(二) 學佛經過

我年幼時,母親開始學習煮菜、做素食,後來她專辦素菜桌。這件事對我的思想及文學的感情影響很大。那時

候正好有一些外省法師來臺南，大都是從東北來的外省法師，他們在辦磬的時候（辦磬就是慶祝菩薩生日的法會），就會請母親他們去煮。這就促成我和寺院、法師的接觸。我在青少年時常去的是湛然精舍，在臺南市議會的對面、土地銀行後面。湛然精舍裡有一個外省法師，是從東北哈爾濱來的，他是研究天臺宗的，學問很好，長相十分莊嚴，講話像是銅鐘非常好聽。

我高中時開始對佛學有興趣，白天上課，晚上三不五時會去湛然精舍聽法師講經，我的口才也是在那邊訓練出來的。外省法師在講經的時候一定要經過翻譯，其中有一個翻譯不時地生病，生病就請假，請假的時候，法師要從聽得懂外省話、會翻譯臺灣話的那些信徒中，挑出一個來代理翻譯。有一天，代理的人翻譯得不怎麼通順，法師突然就說：不然那個同學……。那個同學就是叫我，他說：你上來翻譯看看……。我就土土的上去翻譯，那時候我才高一，高一的時候就去翻譯。因為我的漢文底子不錯，所以名詞——就是名相——說得很清楚，法師說不錯啊！從那時候開始，如果有人生病，就叫我代替翻譯。

講經最重要的就是思想，文字、語言背後的道理就是思想，翻譯的時候，除了訓練自己的邏輯思想外，對於像

是宇宙人生一些道理，也慢慢聽進去了。尤其佛教裡面最重要的就是十二因緣，十二因緣我從法師那邊就認識得很清楚。從那時候開始，我也看一些佛經，大部份都是古典佛經。古典佛經對我來說，文字的障礙慢慢就消除了，這也影響我的國文在學校表現很好。後來慢慢有現代佛學出現，一般人都不讀現代佛學，我卻感到興趣，所以也廣泛讀現代佛學，看了很多之後，對我的文學有影響，對自己的思想也有影響。

佛教的禪宗強調「言語道斷」，總是不立文字，以心傳心。可是終究我們還是要憑藉語言文字來溝通的，詩，或許就是另外一種羚羊掛角、飛象渡河吧！

（三） 文壇因緣

由於認識了詩人葉笛，我和笠詩刊結下了深深的因緣。

有段時間我沒有工作，朋友推介我去國小代課。開始在臺南安南區土城國小。那時候那些師範學生大家很有志氣，都計劃著繼續讀大學。依規定，師範生畢業服務一年以後就可以離開了，大家都在準備考大學。土城國小跟海

東國小距離很近，有一天，同事對我說，你對文學有興趣，海東國小有個朋友，你應該去認識一下。那個朋友是誰？就是葉笛。葉笛長我七、八歲，他在國小教了很久，並且在文壇已有名氣。

有一晚上就約了去他那邊，大家開始認識。那時候他跟我介紹，有一個笠詩社，是民國五十三年成立的，他就拿了一本第九期的《笠》詩刊給我，我才知道有這個文學團體。後來我也加入這個詩社，我的詩也大部分發表在這個詩刊。

因為熟悉佛經，我很自然地用到佛教的典故入詩，這當然也是一個很高難度的挑戰，但如果寫得好，就擁有比較多的想像空間。

以〈頑石點頭〉一詩為例。這首詩完全是用了佛書裡面「生公說法，頑石點頭」的故事。

晉朝有一個叫做道生的禪師，那個年代，印度很多佛經還沒翻譯過來，大家談到因果關係、輪迴關係的時候，有人就主張一闡提不可以成佛。什麼叫一闡提呢？一闡提

就是指十惡不赦、作惡多端的人，或說是無法被完全諒解的人。這樣的人，將來能開悟嗎？將來能成佛嗎？道生法師說可以成佛，但是絕大部分的佛教人士說：不可以成佛，這麼惡劣的人怎麼可以成佛呢？

當時生公很生氣，後來因為戰爭，他自己到山上避難的時候，每一天每一天在思考這個邏輯，每一天每一天對著屋旁一堆石頭在講話，有一天發現每當他講話，那些石頭都在動，好像他講話石頭都在點頭。所以才有「生公說法，頑石點頭」的典故。

為什麼石頭會點頭呢？我這首詩就是在描寫當時的情跟景之間的相互配合。坦白說，學過禪宗、看過禪宗公案的人，才看得懂這首詩吧……頑石點頭，那麼這顆頑石一定是一顆有感情的頑石了吧！

我曾住在高雄七年半，那段時間，是對我文學興趣的重新出發的重要時期，在天時地利人和之下，我創作了比較多的作品。那時有兩個好朋友，臺灣時報副刊編輯許振江，和民眾日報副刊編輯吳錦發。好兄弟都在當副刊的編輯，你不寫可惜了。而且那個時代背景，正好是美麗島事

件之後，大家的本土意識正要興起、反抗意識也興起，藉著筆端表達百姓情緒的意識很強烈。我在那段時間寫了很多東西，可以說 ，「天窗」的重要作品都在那段時間，差不多前後有五、六年內完成的。那是對自己的文學、交友很重要的時期。

（四） 關於「來自靈山的一朵小花」

釋迦佛當時有十大弟子，其中一個就是號稱解空第一的須菩提。

就是說他對整個世間空相的道理－－所謂空相，空即是色，色即是空－－這個空相的道理，他非常清楚。我當時年輕，常常誦〈金剛經〉。有一次誦〈金剛經〉到某個程度，感到內心有很多感觸，接著就寫了這首詩。

這首詩須菩提是用第一人稱，第一人稱難道就不是我自己？難道就不是其它的眾生？所以在此循環不已，循環不已來自靈山。

靈山指什麼？ 靈山是當時釋迦佛常常講經的所在，所

以，每個聽他講經的人，就像是靈山的一朵小花。事過兩、三千年之後，這時候如果有人心靈突然接近當時聽釋迦牟尼佛講經那種心情的人，他也可以說是靈山的一朵小花。這首詩是表現這個體會。

（五） 結語

臺灣解嚴以後，臺灣經歷一段民主時代的模糊地帶，那段時間我寫了很多東西，等我安定下來的時候，我就不寫了，我就不寫關於反映現實的東西。不寫反映現實東西，那麼，就要找尋自己創作詩的出路。我思考了很久，認真說來，思考到現在為止，還沒有定論，不知道要走哪一條路。過去大家都寫反抗詩，大家都寫那種對現實不滿、對制度不滿的內心想法，但是這類詩的時代性已經過去了，使命感也完成了。接下來是要完全循著藝術的路線，還是對差參不齊的民主制度再來做批判？我在這邊無法做重大決定，所以差不多退休以後，停筆了很長一段時間，這四、五年來 我差不多只寫四、五首詩而已。

錄自華視「詩人部落格」第 34 集

李若鶯　整理

漂泊在詩與禪之間

莊金國

詩人龔顯榮（陳國進　繪）

　　龔顯榮是屬於噴發型的詩人,這可在他的代表作〈天窗〉,得到印證。

　　〈天窗〉脫稿與發表的日期同一天――一九八八年二月二十八日。以報紙副刊的製作過程,不可能如此同步完成,最快,詩稿也要提前一天送到編輯檯。不過,由此也可以看出,《臺灣時報》副刊主編安排在紀念「二二八」事件的日子,刊登這首攸關二二八的詩之用心。

　　當時,臺灣剛解除戒嚴不久,〈天窗〉的出現,對臺灣人來說,無異是忍無可忍噴發的心聲!

　　取材二二八的詩,大抵較少實境臨場感。龔顯榮描述其父親由天窗脫逃的情境,令人怵目驚心,難怪〈天窗〉見報後,備受文學界重視,隔年獲得吳濁流新詩獎的肯定。

　　龔顯榮是臺南府城人,父親龔丕的則來自嘉義朴子,讀過公學校,年輕時到臺南謀生,因身材高壯,做事勤快,口才又好,得以參與臺灣文化協會,雖只幫忙宣傳、佈置演講會場,日治末期在府城,算得上活躍份子。

　　二二八波及臺南，龔丕的曾參加地方宣傳組，在廣播電臺發聲。傳聞議會有多人被捕的消息，自認並非檯面人物，沒逃避，想不到有一天晚上，「外省兵」來敲其家門，他緊急拿椅頭仔墊腳，像吊單槓攀天窗跳上屋頂逃走。

　　父親倉惶而去這一幕，深印龔家每一個人的腦海中。那時，龔顯榮才八歲，與小她兩歲的妹妹秀英躲在眠床下發抖，更可怕的，是母親李玉雪因擋門拖延時間，被破門而入的軍人用槍托打倒在地，接著還朝天窗連開好幾槍，事後發現母親吐血受重傷，變成難以治癒的宿疾。也不知過了幾天，才見父親悄悄自天窗潛回，神情憔悴又慌張。

　　從一九四七年發生二二八事件，到一九八八年寫出〈天窗〉，龔顯榮吞忍了四十一年之久的鬱氣，一舉宣洩出來，但是，詩中並無報復意味。心情無奈時，他不諱言「夜夜我透過天窗向外凝望／疑望那一片黑暗」。父親過世後，對於曾經濫用公權力傷害無辜民眾的那些共犯，僅提出道德勸說：「請你良知上也開一天窗」。因為他相信：「天窗外面的黑暗總有一天會透進五彩的光芒」。解嚴之後，臺灣逐漸實現民主自由的願景，天窗果然透進五彩的光芒，充滿了希望。

　　〈天窗〉分三段，首尾兩段各五行，中段較長，有十六行。中段第八行長句達二十二字──他們只要兒孫們瞭解為甚麼流血流汗在這塊土地上。全詩最短句子七字，長短句落差甚大，形成大幅度跳躍的節奏，一如火山爆發噴出的熔漿。

　　在〈天窗〉之前，龔顯榮即有一舉噴發的表現方式，那是一九八五年四月八日寫的〈三０三病房〉，全詩二十二行，不分段，一氣呵成，最短句五字，最長句二十七字──偶爾僅只在您噓寒問暖的叮嚀裏凝視您深深的皺紋絲絲的白髮。這篇自我告白的遊子懺悔錄，從中勾勒出母親坎坷的一生。

　　這類詩，要有足夠的能量，化為爆發力展現，因此，寫前需經過相當時日的蘊蓄，讓情緒沸騰，經沉澱之後再出擊。

　　龔顯榮從小在母親的呵護下長大，父親雖躲過二二八的牢獄之災，其後卻備感失志，全家重擔經常落在母親肩上，除了替人洗衣服，還得加入辦桌「走攤」行列。也因辦過素食桌，認識湛然精舍的師父，常被找去幫忙。他偶爾跟著母親到精舍走動，耳濡目染之下，對佛學產生興趣，讀中學時，已看得懂一些經文。

　　與佛結緣，使他在從事文學創作上，初期即以追求禪意爲詩意，一九六一年就寫了〈禪和子〉、〈睡蓮花〉、〈碎菩提〉等三首，時值二十二歲，年紀輕，無拘無束，想像力豐富。〈禪和子〉開頭兩行，傳統佛教徒看了，可能會皺眉頭：「聽說舍利佛的智慧過飽和了／而我很想掇拾溢散的碎片」，細加推究，倒也予人超越生死，近乎自在自如的達觀境界．

　　寫詩超過半個世紀，猶不敢以詩人自居。龔顯榮心目中的詩人：「不僅要在作品中呈現感人動人的情操，亦應在人格上流露出對人類對蒼生的無限關懷。」詩人等同於他所景仰的禪者，而在詩與禪之間，自覺只是似懂非懂的半調了．

　　一九六二年四月，龔顯榮在〈廟院鐘聲〉詩的附註，提到聖嚴、青松兩位法師，認爲他倆是佛門思想界的新慧星。事後證明，詩人的預測無誤，聖嚴成爲臺灣名副其實的高僧，青松後來雖還俗，對推廣佛學思想及信仰，依然不遺餘力。

　　龔顯榮於一九六八年出版第一本著作《來自靈山的一

朵小花》，收錄十五首詩，三篇散文，其中多數取材佛經典故及禪門公案。第二本詩集《天窗》，分為五輯三十九首，輯三「窗裏吟燈亦可親」之八首，選錄自第一本詩集。《天窗》輯集了一九六一年至一九八九年的詩作，顯見詩人創作量委實稀少。

從《天窗》輯一之輯名「一口吸盡西江水」，充分反應輯中八首詩，各有其不得不噴發的背景因素，如〈天窗〉：二二八、〈傳單〉：陳文成命案、〈渴死者〉：施明正自盡事件、〈真難容你這個人〉：鄭南榕自焚抗爭言論自由。集中在一九八八年至一九八九年完成。對龔顯榮而言，是少見的創作尖峰期。

《天窗》於一九九〇年出版之後，直到二〇〇四年，喜愛龔顯榮詩的讀者，好不容易在《推理》雜誌，發現他旅遊俄羅斯寫的〈所以，我喜歡臺灣獨立——俄羅斯華語導遊莉娜如是說〉，跟那首曾經飲譽詩壇的〈天窗〉，堪稱裡外相輝映。此詩寫旅程即將結束，臺灣旅客對位處於俄國境內車臣人爭取獨立，牽引出「同病相憐」的感情。莉娜見狀疾呼不可，因為車臣的激進份子會屠殺無辜、挾持人質威脅談判，讓人「不知是誰在為誰爭取獨立的命運」

對照臺灣，歷經多少苦難、滄桑的臺灣獨立運動：

未嘗聽聞過殺死一個中國人洩怨洩憤
臺灣有愛有溫情

所以，莉娜有感而發説：「我喜歡臺灣獨立」。結尾，
臺灣旅客回報以掌聲：「綿綿瀰漫在俄羅斯的天際」。

龔顯榮不知有生之年，能否看到臺灣真正獨立於國際
社會。或許，這個夢想實現了，他醞釀數十年的禪詩〈華
藏世界〉，就可以一揮而就也説不定。

發表於《鹽分地帶文學》32 期 2011 年 2 月

龔顯榮書房

莊金國

2012 年 11 月 10 日為了「詩人書房」，專程從高雄開車到臺南，自從他娶媳婦宴客來過，事隔太久，我還是問幾次路才到達。

先在客廳小坐，從他的詩集《來自靈山的一朵小花》談起，我說：這本詩集我沒看過，他找出來讓我拍照。他說：他也不能再送給我，已經沒有了。這本詩集共 15 首詩，其中 7 首收入《天窗》，另外早年在電臺講經，他說：當年物資缺乏，製播之後帶子大部份被洗掉了。唯一留下的《般若波羅蜜多心經》CD 還有。我說：年會送給同仁我也有。

上樓到他的其中一個書房，他說：最近學校進行工程，落塵嚴重，他用布蓋住書架；翻開布，但見許多早期穿線善本佛經，大藏經，這是收藏佛經佛學的書房。我問他每日的禮佛，他帶我到樓上的佛堂，有許多相關收藏，其中有一幅名書法家朱玖瑩先生送給他的書法，掛在牆壁。內容為《金剛經》第三十二分，他說：這是佛陀最後的叮嚀。

　　從佛學聊到文學，又到另一個書房，全部收藏文學書籍，這個書房是他看書的地方，掛著的書畫是他的詩作，朋友或寫或畫送給他。他說：這裡還有，沒有地方掛，他一幅一幅翻給我看，其中有早期臺灣名畫家的油畫。

　　還有一個書房，他說：書太多沒有辦法，也沒有體力整理了。最後下樓到庭院，為拈花惹草的閒適生活，也拍了一些照片。

攝影：莊金國

發表於《笠》298 期　2013 年 12 月

靈山的一朵小花——龔顯榮側寫

利玉芳

　　恆春大地震發生後，部分地區傳出嚴重災情，龔顯榮先生嘆謂：人不一定勝天。九月初，我們曾經在大林慈濟醫院相遇，電話寒暄之外順便問及他中耳平衡健康進展的情形。

　　從華視教育臺「詩人部落格」的節目中瞭解龔顯榮年輕時曾經在臺南市土城國小代課，當時長他八歲的葉笛詩人也在鄰近的海東國小教書，彼此愛好文學，透過葉笛介紹，龔顯榮早期的作品刊登在《笠》詩刊第九期。

　　直到一九八九年一首〈天窗〉的詩獲得吳濁流新詩獎之後，才知道龔先生著有詩集《來自靈山的一朵小花》及《天窗》。他的詩被喻為富有音樂性，除了來自個人的天賦，又曾是電臺臺語播音員，中年後對佛學如此精進，把節奏的經典融入詩篇有關係嗎？讀者領悟他的詩萬無條件，好比來自靈山者非己非別人，只要親近佛陀者即是一朵靈山的小花；讀他的詩，人不易懂，懂則易人生，為現實關懷者的寫照。

　　去年我到臺南社教館主持一節讀書會，順利地聯絡上附近的龔爺爺（自從 1986 年一同參加亞洲詩人韓國大會之後，就跟著導遊習慣的稱龔詩人為龔爺爺），他一口答應我的邀請，在上課時段趕到且端坐席間聆聽，為我加持，瞥見退休後漸漸回歸平實的龔爺爺。

　　曾經任職太子建設公司經理的龔顯榮説：職中是他創作最豐盛的時期。也許辦公室方圓空間能忍他早期內心累積的不滿，也提供他回到戒嚴後自己處於模糊地帶的醒悟場所。雖然時代性的使命感已過，但這期間〈天窗〉得獎，奠定了他的臺灣現代詩觀。

　　龔顯榮先生長久以來投入慈濟善業，關懷社會，已經成為個人的重要價值。他引用過佛教典故，詩曰：「花開塵世，星河遼闊，佛陀在此」，雖說與現代詩的寫法自成一格，但不如說他抓到自己寫詩的方法和方向，須菩提盼望漫漫寂寂塵世中頑石能點頭。

發表於《臺灣現代詩》第 13 期　2008 年 3 月

附錄二：龔顯榮追悼詩文

詩的信仰者——追念龔顯榮

莊金國

　　在高雄認識龔顯榮，好像是經由文友許振江的引介。他倆身材同樣高大，社會歷練豐厚，亦喜藉酒助興。龔之名詩〈天窗〉，一九八八年二月廿八日發表於許主編的《臺灣時報》副刊，其後，相關政治詩〈傳單〉、〈走上街頭〉、

〈老兵不死〉、〈渴死者〉、〈真難容你這個人〉陸續刊出，這些頗接地氣的作品，迄今猶受好評。

　　〈真難容你這個人〉之「真難容」，取自自焚抗爭百分之一百言論自由的烈士鄭南榕諧音。〈渴死者〉係悼念為獄中胞弟施明德而絕食的

攝影：莊金國

施明正，絕食期間，施明正常在藝文活動場合出現，找人畫素描，渴了，即以酒當茶飲，刻意加速終結其生命。另一首〈恰似給妳某種推拿的激情〉，乃追溯施曾以推拿為業謀生，並在臺南府城與某紅粉知己結緣，龔化身紅粉，在首節第五行如此生動描述：「每一類激情後的感傷皆隱約傳來你魔手異稟的撫彈」。

　　龔顯榮於一九八六年所寫的〈他把苦難帶走〉，副題「悼音樂家陳主稅」，經查陳氏出身背景，與我同為高雄大樹人。此詩引申陳在病發後，猶奮力完成《苦難組曲》，那是寫給自己、妻子和朋友的三段樂曲。可想而知，龔早年曾在廣播電臺主持節目，也有創作詞曲的經驗，當陳主稅與蕭泰然、李朝進、白浪萍等人發起成立「寒月小集」，龔亦參與其事，對正值創作巔峰期卻英年早逝的陳氏，備感不捨，試舉第二節：

他把苦難帶走
不要我們的嘆息
也許他也不忍割捨我們的溫情
也許他要朋友的淚是一盞盞燈
在這中元夜
照亮更多苦難的靈魂

陳主稅不僅是知名作曲家，亦擅長演奏小提琴，其夫人劉富美則專攻鋼琴。

早在一九六八年，龔顯榮即出版第一本詩集《來自靈山的一朵小花》，收錄十五首詩，附錄三篇散文，時年廿九歲，詩多屬個人學佛禪修的感悟心得，有別於同世代其他詩人比較廣乏取材。值得注意的，是《來》集序中，自認「並非詩人，可是詩卻統治著我一部分的信仰」，這信仰，因緣際會參加《笠》詩社後，恢復中斷了十幾年的詩創作。

在職場上，他離開電臺，受聘太子建設，繼而調任高雄綜掌各種建案。由於家住臺南，上下班開車往返，若遇晚間應酬，很難避免酒駕，讓家人擔驚受怕。他也坦承，曾因酒誤大事，如〈三〇三病房〉第四、五兩行所述：「一端是母親您腿折哀號的呻吟／一端是遊子舉杯恣意英豪的荒唐」。他也不諱言，有時會發酒瘋，其行徑可在〈他們說我醉了〉詩中見證，例如第十一、十二兩行：「醇香珀醪一杯復一杯／喋喋獰笑真醉？假醉」更有甚者，附記直紋「酩酊中突對渠揮一醉拳」，渠者，乃其摯友林君，詩句第六行：「沿街叫賣『力的舞蹈』」，龔在日本熱海醉

後沿街叫賣的這本書，就是林君的詩集，林君，即詩人林宗源，同是《笠》詩社成員。懊悔之下，永銘這一拳，重重擊痛自己齷齪形象。

龔顯榮藉酒助興之餘，偶爾可以成就好詩，但也敢於藉詩自曝其短，不愧是性情中人。印象中，微醺時最能表現其才華，講古、吟詩、唱歌、舞蹈樣樣來，顯得意氣風發，尤其是〈天窗〉獲頒吳獨流新詩獎後，不僅佳評如潮，其他佳作亦接連產生，備受肯定。

在詩友鼓舞下，連同第一本詩集，合併於一九九〇年三月出版第二本詩集《天窗》，詩分為五輯，共計三十七首，另加二首自創歌曲；兩集相距二十二年。可惜，自此之後，龔顯榮似乎寧可與人談詩，對寫詩則興趣缺缺。久之，若有人提起，恍悟有那麼一位以〈天窗〉成名的詩人，他得知後也一笑了之。

二〇一一年二月起，筆者應《鹽分地帶文學》雙月刊總編輯林佛兒之邀，逐期撰寫「作家畫像」專欄，開篇即擇定龔顯榮，篇名〈漂泊在詩與禪之間〉，副題「噴發詩人龔顯榮」。接到當期刊物，驚喜發現陳國進所畫的配圖，

活靈活現龔之丰采，那一頭往後梳形成波浪式捲髮，搭配有些戽斗弧度的下巴，寬厚而凸顯的鼻樑，整個臉部神態，酷似詩人出現在讀者眼前。

記得動筆撰稿前，曾向龔顯榮表明有必要面談細節，他以病容憔悴婉拒，但願意接受電話訪談。由此可見，即使多年老友，他也顧及本身形象，不隨便落魄示人。

〈天窗〉無疑是龔顯榮的代表作。全詩分為四節，合計二十六行，讀來一氣呵成，最後一行「天窗外面的黑暗總有一天會透進五彩的光芒」，與再度引發流行傳唱的〈阮若拍開心內的門窗〉（王昶雄填詞，呂泉生譜曲）頗能互動交集，堪稱記取歷史事件教訓的自然天成之作。

九月七日，到臺南參加龔顯榮告別式，雖然缺乏文學氛圍，告別時，人手一冊《天窗》詩集，不由感念其詩的信仰，將隨著所有獲贈者，有意無意散播各地，也許還有發芽孳長的機會。

二〇一九年九月十日寫於鳳山

發表於《文學臺灣》112 期 2019 年 10 月

一音斷弦，一詩穿越－－悼念笠詩社詩人龔顯榮

岩上

　　古城殞落星一顆
　　文曲有顯詩韻合
　　天窗惡夜曾逃亡
　　笠影覆蓋魂不薄

昨夜古城的天空
一顆文曲星
向赤崁樓的方向傾斜的
殞落，微弱的一響
也震盪詩壇的水池一縷漣漪

那個言語舌根被切斷的年代
苦悶的心弦不能自由彈起波紋
唯一喘息的
天窗，深夜望著孤獨的星芒

惡夜的逃亡
您父親的身影是永遠的

隱痛
一音斷弦，一縷詩的牽掛
天窗成為見證的唯一活口

活口的天窗
開闔之間
一詩穿越禁忌的藩籬
永遠的流傳

2019/9/6 寫於草鞋墩南埔

好久不見——給龔顯榮兄

賴欣

幾年沒見面
見了面
會說
好久不見

幾個月沒見面
見了面
會說
好久不見

有時候
幾天沒見面
也會說
好久不見

而我們
已經幾年沒見面了
正在想

見面時一定要好好捕捉
上次見面的景象
那個真性情的臉
那個從不掩飾的聲音

我們
真的是好久不見了

可是他們說
不能再見了

不會吧？

不會吧！

2019.9.6

靈山的道路

利玉芳

自從馬路捉弄
使你失去平衡
行走或開車偏左忽偏右

家門口的綠燈
你說是整排紅燈
慾與惑測試你的跨步

自從醫生將你的開車執照
卸牌
不平衡的方向盤終究穩定下來

病歷表書寫著語言能力受損
但你的雙眸怔怔
凝望天窗
喃喃四十年來
汝父親住在的星河故鄉
那裡乃是遼闊與黑暗

塵世病房通明

月亮時刻替你蓋被

太陽繞著你流汗擦拭

有位麻豆西拉雅女子──你的妻

每天採幾朵微笑的小花

像母親照顧你通往靈山的道路

「是啊！」

你中氣十足宏亮地回答探病者

悼！詩人龔顯榮

蔡榮勇

詩人龔顯榮用生命的語言
打開了　父親的天窗
打開了　自己的天窗
打開了　臺灣人苦難的天窗

阿彌陀佛
詩人蒙釋迦摩尼召見
詩集《天窗》繼續活著
打開天空的心窗

送別——悼龔顯榮大哥

謝碧修

今仔日袂當穿嬌嬌來看你
毋閣我欲抱著輕鬆的心情
恬靜送你
因為知影
你的禪心
袂閣掛礙紅塵俗事
你的豪爽
你的酒量
你的吟唱
攏會化為千風
雲遊荒野去

天窗已經一扇一扇
打開囉
為著自由
各國各地有人行上街頭
大聲講出向望
道路佇阮的心中展開

打開〈天窗〉—悼念龔顯榮詩兄

李昌憲

打開〈天窗〉[1]
把生前凝望的
黑暗全部帶走
在黎明之前
你的病苦寂滅

許多年前在你的書房談詩
看見你用布料蓋住，不使惹塵埃
所珍藏讀過的古本線裝佛學書籍
談起你在廣播電臺
用臺語講：般若波羅蜜多心經
錄製成 CD，送給有緣人 [2]

再帶我上頂樓
清靜莊嚴的佛堂
是你早課與晚課
虔誠禮佛的身影
猶在目在耳在心

如是聽聞

你靈魂成佛去了

去向無量光無量壽

極樂世界的永恆

是你皈依之所

附註：

1　〈天窗〉是龔顯榮的名詩，也是詩集名。

2　《般若波羅蜜多心經淺釋》龔顯榮（羅馬）居士講錄（1990 臺南勝利電
臺廣播節目）

窗，一直敞開──送懷龔顯榮（1939 - 2019.08.30）

莫渝

別的窗戶

彩繪　幔帘　百葉　板扇

都漂亮　講考究　俏華麗

這個窗

開向中天　素樸在心

中天有長年的掛懷

心的懸念

永繫生命的抗拒與無奈

時代巨輪輾轉下庶民唯望

啞噤　逃亡　遁世

歲月日常

生活流水

終歸淡如春風無心問柳

獨坐難忘無遣的酸楚

別的窗戶
清明透亮接白日引星輝
這個〈天窗〉
父子交語的沉疴密碼

2019.09.01（09.07 告別式）

天窗

陳明克

我一定是在夢中

望著牆上
綿密貼紙的人
驚慌騷動
他們彼此詢問的聲音
在地下道來回
疊疊升高到
尖叫奔跑

「舉紅旗了」
跑過我身邊的人喊

地下道入口的陽光
被黑壓壓的人擋掉
他們執盾持棍
像黑暗逼近
一群年輕人

面向他們打開傘

「舉黑旗了」
一束束煙霧飛衝過來
年輕人穿過我後退
我望著無止境
無出口的地下道
和靠近的盾牌
我手中雨傘滑落

我在哪裡？
鎮暴警察
吼叫、棍擊盾牌
不停齊聲跺地
我的同學突然出現
他仍然年輕健壯
拉我推我卻如影子
碰不到我
我在臺北？

黑暗的天空

突然裂開一個窟窿
像天窗
光芒斜斜進來
有人高聲叫我
「你怎麼在這裡？」

他一下子拉我出來
「趕快！拉人出來」
那人在光芒中
不斷挖掘地面

拉著人出來
隨著歡呼聲
我不再絕望
我的汗水
閃爍著掉落

人群大聲歡呼
又挖開一個
天窗了
我卻看不到

那拉我出來的人

爬出來的人
又哭又笑擁抱天光

我不認為在夢中
天光溫柔地抱著我

2019/9/8

編按：追悼詩錄自《笠》詩刊 333 期【龔顯榮紀念專輯】，2019 年 10 月

臺南作家作品集　全書目

● 第一輯

1	我們	• 黃吉川　著	100.12	180 元
2	莫有無 ─ 心情三印一	• 白　聆　著	100.12	180 元
3	英雄淚 ─ 周定邦			
	布袋戲劇本集	• 周定邦　著	100.12	240 元
4	春日地圖	• 陳金順　著	100.12	180 元
5	葉笛及其現代詩研究	• 郭倍甄　著	100.12	250 元
6	府城詩篇	• 林宗源　著	100.12	180 元
7	走揣臺灣的記持	• 藍淑貞　著	100.12	180 元

● 第二輯

8	趙雲文選	• 趙　雲　著	102.03	250 元
		• 陳昌明　主編		
9	人猿之死 ─ 林佛兒			
	短篇小說選	• 林佛兒　著	102.03	300 元
10	詩歌聲裡	• 胡民祥　著	102.03	250 元
11	白髮記	• 陳正雄　著	102.03	200 元
12	南鵲是我，我是南鵲	• 謝孟宗　著	102.03	200 元
13	周嘯虹短篇小說選	• 周嘯虹　著	102.03	200 元

● **第十輯**

● **第十一輯**

臺南作家作品集 第十三輯(79)

拈花對天窗─
龔顯榮詩集

國 家 圖 書 館 出 版 品
預 行 編 目 (C I P) 資 料

拈花對天窗：龔顯榮詩集 / 龔顯榮著.
-- 初版. -- 臺北市：羽翼實業有限公司
出版；臺南市：臺南市政府文化局出版,
2024.01　面；　公分. -- (臺南作家作
品集. 第13輯；79)
ISBN 978-626-96704-8-2(平裝)
863.51
112014970

作　　　者 ｜ 龔顯榮
發　行　人 ｜ 謝仕淵
督　　　導 ｜ 陳修程 林韋旭 黃宏文 方敏華
編 輯 委 員 ｜ 呂興昌 林巾力 陳昌明 廖淑芳 廖振富
主　　　編 ｜ 李若鶯
行　　　政 ｜ 陳雍杰 李中慧 陳瑩如

總　編　輯 ｜ 徐大授
編　　　輯 ｜ 陳姿穎 許程睿
封　　　面 ｜ 佐佐木千繪
設　　　計 ｜ 清創意設計整合工作室
排　　　版 ｜ 重啟有限公司

出　　　版
羽翼實業有限公司
地　　　址 ｜ 108009臺北市萬華區長沙街二段91號3樓之15
電　　　話 ｜ 02-23831363
臺南市政府文化局
地　　　址 ｜ 永華市政中心 708201臺南市安平區永華路2段6號13樓
　　　　　　　民治市政中心 730210臺南市新營區中正路23號5樓
電　　　話 ｜ 06-6324453
網　　　址 ｜ http://culture.tainan.gov.tw

印　　　刷 ｜ 合和印刷有限公司
經　銷　商 ｜ 大和書報圖書股份有限公司
出 版 日 期 ｜ 2024年1月初版
定　　　價 ｜ 新臺幣250元
ISBN 978-626-96704-8-2　　　GPN 1011201249　　　文化局總號2023-720

展售處
• 中華民國政府出版品展售門市
　國家書店　104472臺北市松江路209號1樓 02-2518-0207
　五南文化廣場　400002臺中市中山路6號 04-2226-0330
• 臺南市政府文化局文創發展科
　700016臺南市中西區府前路1段195號（愛國婦人會館內）06-2149510